16

LES DEUX LETTRES

DE

FAIRE PART,

ÉTUDE MORALE EN CINQ ACTES,

PAR UN HOMME DES CHAMPS.

Une révolution, c'est-à-dire la décadence d'un
grand peuple se trouve souvent tout entière
dans un mot mal compris.

ne se vend pas

Moulins,

IMPRIMERIE DE P.-A. DESROSIERS.

—

1851.

LES DEUX LETTRES

DE

FAIRE PART.

LES DEUX LETTRES

DE

FAIRE PART,

ÉTUDE MORALE EN CINQ ACTES,

PAR UN HOMME DES CHAMPS.

Une révolution, c'est-à-dire la décadence d'un
grand peuple se trouve souvent tout entière
dans un mot mal compris.

Moulins,

IMPRIMERIE DE P.-A. DESROSIERS.

1851..

Simple Aveu.

Devant les critiques méritées de *Thomas Blood* et du *Fils du Roi*, je devrais briser ma plume puisque j'ai promis de me corriger.

Mais personne n'aura besoin de mes *Deux Lettres de faire part* pour apprendre les ridicules illusions de l'amour - propre.

UN HOMME DES CHAMPS.

PERSONNAGES.

Le vicomte DE CORDONDE, membre du jockey-club.

GUSTAVE DE FURETY, ami du vicomte.

Le comte DE CORDONDE, son oncle, riche propriétaire.

MARGUERITE USÉE, gouvernante du comte.

VICTOIRE CONTRAINTE, confidente de Marguerite.

GROS-PIERRE, meûnier, fermier du comte, capitaine de la garde nationale.

PRESSURANT, usurier.

DURIUSCULE, négociant en gros.

GEORGES, groom du vicomte.

Personnages secondaires, fournisseurs, curieux.

———

La scène se passe en 1849 ; le 1er acte à Paris, rue de la Chaussée-d'Antin ; les trois autres en province, dans un château situé sur les bords du Cher.

ACTE PREMIER.

Le théâtre représente un élégant salon style Louis XV; de beaux portraits, somptueusement encadrés, garnissent les tentures.

SCÈNE PREMIÈRE.

LE VICOMTE DE CORDONDE, GEORGES.

Le vicomte Réné de Cordonde, nonchalamment couché sur un sofa, caresse avec fatuité sa magnifique barbe à la François Ier; Georges, son groom, revêtu d'une livrée irréprochable, lui apporte un énorme paquet de factures, et les déplie.

GEORGES *avec malice.*

(A part.) En voilà de la mémoire agréable! Comme c'est avantageux de s'abriter sous cette longitude!

Il déroule un mémoire plus long que les autres, et l'offre en dernier lieu à son maître.

(Haut.) Les fournisseurs de M. le vicomte ont affirmé au concierge qu'ils repasseraient dans la journée pour l'acquitter.

DE CORDONDE *vivement.*

M'acquitter!.. Tu les remercieras... Ces messieurs

sont trop aimables!.. Je ne suis point encore traduit devant la Haute-Cour... Je n'apprécie en aucune façon les attentats, les conspirateurs... (*Avec amertume, à part.*) Et cependant je partage avec eux la faute capitale de ne pouvoir améliorer... ma position.

Il froisse les factures et les rend à son domestique.

(*Haut.*) Porte ces chiffons salis d'encre dans le coffre à bois ; ils serviront d'allumettes économiques pour le foyer.

GEORGES *obéissant.*

(*A part.*) Comme ça brûlera la politesse à ces enragés visiteurs !

DE CORDONDE *passant en revue plusieurs journaux dont il déchire les bandes.*

Pas de lettres? pas de cartes ?

GEORGES *sans hésitation.*

Personne n'est venu. (*Se reprenant.*) C'est-à-dire, nous avons revu les mêmes mécontentements, les grimaces accoutumées ;.. le sécherin !... le joufflu !..

DE CORDONDE *le congédiant.*

Tu leur présenteras mes compliments les plus empressés.

GEORGES *revenant.*

Je répondrai sans malice : Monsieur le vicomte sera désolé... Il n'y est pas !....

SCÈNE II.

LES PRÉCÉDENTS. *Un grand Monsieur très-maigre pousse la porte avec fracas et se précipite dans le salon.*

PRESSURANT.

Ah! ah! vous y êtes cette fois... rue de Clichy!.. Je vais donc enfin traiter M. le vicomte... (*Se reprenant.*) l'ex-vicomte comme il le mérite!

DE CORDONDE *avec calme, et lui désignant son groom.*

Monsieur Pressurant, respectez les oreilles d'un tiers.

PRESSURANT *avec ironie et volubilité.*

Les oreilles de cette valetaille, gagée, galonnée, étrillante, étrillée....

DE CORDONDE *l'interrompant.*

Nous sommes tous frères, citoyen Pressurant! et j'ai pour principes de ne donner à mes domestiques que de bons exemples!...

PRESSURANT *avec gaîté.*

Combien de signes d'admiration après cette vertueuse période, monsieur le vicomte?.. (*Se reprenant avec affectation.*) l'ex-vicomte. Et puis, nous allons mettre, séance tenante, votre morale en action. (*Elevant la voix.*) Entrez!...

A cet appel, plusieurs visages paraissent à la porte.

Une garde d'honneur pour ceux qui négligent leurs engagements de conscience... Et vos sévères doctrines ne doivent pas approuver ces fâcheuses dispositions, monsieur l'ex-vicomte!

DE CORDONDE *froidement*.

Je ne sache pas que les entrées de mon salon vous appartiennent.

PRESSURANT *de même*.

C'est vrai ! car il y a furieusement longtemps que je les réclamais... Mais puisque chacun invoque le communisme...

DE CORDONDE *l'interrompant avec ironie*.

Oh ! si le communisme vous avait décrété cette faveur, vous y perdriez plus que moi, monsieur Pressurant, car alors j'aurais le droit...

PRESSURANT *l'interrompant à son tour avec vivacité*.

Le droit de me jeter gracieusement par la fenêtre, comme raisonnaient vis-à-vis de leurs créanciers les mignons d'Henri III... Halte-là ! la garde royale n'est plus là !... Nous corrigeons notre histoire de France, et nous mettons un certain ordre dans ces facéties surannées... Autre temps, autres mœurs !.. Et pour le quart-d'heure... (*Il lui montre les nouveaux introduits.*) contre la force numérique, pas de résistance... La politique irrésistible du suffrage universel réside là-dedans.

Il se frotte les mains avec jubilation.

DE CORDONDE *qui n'a rien changé dans sa posture impertinente*.

Gare à l'immortalité du suffrage universel, s'il doit nous diriger en masse où vous désirez me conduire, avec le secours du nombre.

Se levant et s'adressant à son groom stupéfait.

Georges, accompagnez ces messieurs jusqu'à la rue.

PRESSURANT *avec autorité.*

Restez! je vous l'ordonne.

DE CORDONDE *continuant avec douceur.*

Surtout, Georges, soyez poli, je vous le recommande. Du reste, si ces messieurs veulent attendre dans la loge, cette comédie ne sera pas longue.

Georges gesticule avec les récalcitrants qui hésitent.

PRESSURANT *avec une ironie croissante.*

Ce sera réglé de suite, autrement la comédie deviendra tragique ou triviale... (*Il tire un sac de toile.*) Du comptant! ou rue de Clichy!

DE CORDONDE *déclamant.*

Rue de Clichy!... Une prison pour dettes!.. Telles sont, hélas! les douceurs provisoires où vous prétendez enfouir les rêves dorés de notre régénération sociale... Clichy!... et le gouvernement qui promettait...

PRESSURANT *l'interrompant avec volubilité.*

Il n'y a pas de gouvernement qui tienne... il a bien d'autres bêtes à fouetter!... et j'admire suffisamment, par votre expérience, les fallacieuses promesses!... Les interpellations, pétitions, négations parlementaires viendront ensuite; faites d'abord tomber rondement dans ce sac les arriérés des termes échus; sinon, dans cinq minutes, nous roulerons au grand trot...

Il se retourne et s'aperçoit avec effroi de l'absence de ses acolytes.

DE CORDONDE *achevant sa pensée*.

Nous roulerons... rue de Clichy, n'est-ce pas? Clichy! dernier refuge d'une civilisation trop avancée dans ses espèces... et variétés philanthropiques! Clichy! temple du progrès humanitaire, sur le fronton duquel se lit, en caractères ineffaçables, cette sublime devise :

LIBERTÉ, point. ÉGALITÉ, point. FRATERNITÉ, point!

SCÈNE III.

LES PRÉCÉDENTS.

PRESSURANT, *qui vient d'appeler à haute-voix dans l'antichambre, rentre en scène*.

Revenons au point essentiel de notre affaire.

Il examine avec une curiosité envieuse le vicomte qui a repris sa nonchalante attitude sur le sofa, et qui suit avec délices les flocons de fumée qui s'échappent de son cigarre.

(*A part.*) Stupide fumée! Qu'est-ce que ça rapporte?... Irréprochable tenue! Pâmez-vous de jalousie devant cette noblesse! C'est nud comme le Job de l'antiquité, et il lui faut du velours, de la soie pour étaler ses grâces!... Avec des riens, ces gens-là vous prennent des airs sans gêne qu'on imite difficilement.

Silence mutuel.

(*Haut.*) Monsieur l'ex-vicomte, en continuant de la sorte, cette conversation se prolongerait au-delà de nos communs désirs.

DE CORDONDE *secouant les cendres de son cigarre.*

J'attends vos interrogations.

PRESSURANT *avec ironie et déroulant son sac.*

Je serai précis. De l'argent !

DE CORDONDE *avec naïveté.*

Je serai bref. Je n'en ai pas !

PRESSURANT *s'animant.*

Eh bien! vous en trouverez !

DE CORDONDE.

Votre conclusion me semble délicieuse.

PRESSURANT *qui s'anime de plus en plus.*

Vous en trouverez, vous dis-je!

DE CORDONDE *qui se lève avec empressement.*

Quoi! vous seriez assez dévoué pour me rendre ce service!... Ah! recevez à l'avance ma gratitude sincère... Voulez-vous ma signature?

PRESSURANT *avec dédain.*

Je ne l'ai que trop votre signature!... Assez d'esprit comme cela ;... c'est trop commun.

DE CORDONDE.

Ayez de la magnanimité ; c'est plus rare.

PRESSURANT *vivement.*

Je préfère le positif.

DE CORDONDE *avec gaîté.*

Il est sous vos bottes le positif, monsieur Pressu-

rant, et la plus jolie fille du monde ne peut donner...

PRESSURANT *l'interrompant avec brusquerie.*

Il ne s'agit pas de jolies filles!

DE CORDONDE.

Bah! lorsque vous étiez jeune, est-ce que les frais
minois et les yeux veloutés ne regardaient pas dans
vos folies?

PRESSURANT *vivement.*

J'ai toujours payé mes folies.

DE CORDONDE *avec malice.*

De nombreux rhumatismes... C'est comme moi; je
finirai par payer les miennes, je le crains fort.

PRESSURANT *furieux.*

En ça, vous m'amusez!

DE CORDONDE *avec surprise.*

Je vous amuse,... flatteur!

Pressurant s'agite et marche en tous sens. Le vicomte le
ramenant vers une causeuse.

Votre bile s'échauffe, c'est malsain... Vous mar-
chez trop vite, monsieur Pressurant... Votre proposition vaut la peine d'être froidement discutée... Asseyez-vous... Rapprochons-nous, nous serons mieux
disposés pour nous entendre.

Il le force à s'asseoir et rapproche son siége, après lui avoir
présenté un étui rempli de cigarres, et rallumant le sien.

C'est de l'ingratitude! Vous refusez là la plus

douce occupation de ce monde, puisqu'elle endort les tristesses de l'existence.

PRESSURANT.

Finissons-en !

DE CORDONDE *vivement.*

Vous me proposez un suicide !... mais c'est un crime, et vous ne voudriez pas pour tout l'argent du monde...

PRESSURANT *l'interrompant.*

Je ne réclame que le mien...

DE CORDONDE.

Votre compte est juste... Hélas ! nous ne sommes pas encore en Californie ;.. et j'ai la douleur de constater avec vous que l'or, cette chimère du poète, a pris, pour les débiteurs, une mine introuvable... (*Avec persuasion.*) Si nous renouvelions, pour des temps plus favorables, l'échéance de nos billets...

PRESSURANT *bondissant en arrière.*

Je voudrais qu'ils expirassent.

DE CORDONDE *l'interrompant.*

Comme mon oncle le millionnaire...

PRESSURANT *de même.*

Je ne crois plus en vos prophéties ; ne me jurez plus la mort certaine de ce cher oncle !...

DE CORDONDE *riant aux éclats.*

Soyez moins méchant !... Ah ! ah ! ah ! Comme mon oncle le millionnaire se moquerait de son unique héritier, s'il apprenait qu'on le tracasse pour quelques misérables milliers d'écus.

PRESSURANT *vivement.*

Des milliers d'écus misérables !

DE CORDONDE *de même.*

Sans doute ! qui rendent misérables ceux qui, comme moi, ne les ont pas, et que l'on traîne, pour cette faute involontaire, dans une prison avec ignominie.

PRESSURANT *s'animant.*

Rassurez-vous ; nous aurons des égards, nous prendrons un fiacre.

DE CORDONDE *avec inspiration.*

Prenez de préférence les Messageries Nationales, et soyez plus désireux d'aller estimer par vous-même les superbes domaines...

PRESSURANT *l'interrompant.*

De l'oncle fortuné et éternel... Cette idée n'est pas de vous.

DE CORDONDE.

Les beaux esprits se rencontrent. Mon oncle sera enchanté de votre reconnaissance... Décidez-vous... Les voyages rectifient le jugement ; et à votre retour, je parie que vous n'hésiterez pas à me tripler mon crédit.

PRESSURANT.

Il n'y a plus de crédit.

DE CORDONDE *lui fermant la bouche.*

Silence! Cachez notre plaie repoussante, et ne nous fermez pas l'avenir.

PRESSURANT *vivement.*

L'avenir! c'est très-vague.... Est-ce que vous n'êtes pas jaloux de retourner au galop dans les inepties de vos pères, qui avaient amoncelé...

DE CORDONDE *l'interrompant.*

Pour ce qui est d'amonceler, je ne suis pas coupable!... Ah! si je pouvais, comme vous, me passer mes fantaisies, comme je galoperais, avec les chevaux des Messageries Nationales, vers une succession dont le plus clair vous appartient, mon cher Pressurant.

PRESSURANT *avec finesse.*

Je ne dis pas le contraire... Mais où demeure-t-il, définitivement, cet oncle fortuné?... Quel âge a-t-il?... (*A part.*) L'innocent! qui s'imagine que je ne connais pas cette résidence,... que je n'ai pas calculé cet âge, que je ne me fais pas des réserves par procuration!

DE CORDONDE *qui le considère avec scrupule.*

Il est au moins votre contemporain.

PRESSURANT *étonné.*

Pas de niaiserie...

DE CORDONDE *vivement.*

Mais il est cassé, toussant, crachant...

PRESSURANT *l'interrompant avec hilarité.*

Il crachera la bagatelle.

DE CORDONDE *le dirigeant vers la porte,*

Cela dépendra de votre habileté!... Cependant, dans le cas opposé, écrivez-moi de suite, afin que je puisse prévenir mon propriétaire.. Vous comprenez : les locataires sont aujourd'hui une monnaie insaisissable comme les billets de banque.

PRESSURANT.

Les billets... oui ! les locataires insaisissables!... Ah ! ah ! ah ! vous oubliez toujours l'adresse...

Le vicomte lui présente une carte sur laquelle il vient de tracer au crayon quelques mots.

DE CORDONDE.

Vous connaissez mieux que moi où habitent les millionnaires.

PRESSURANT *lit et serre la carte dans son portefeuille.*

Puisque vous ne pouvez pas me procurer du papier ayant cours, nous tâcherons de circuler avec celui-ci!... Vraiment, ce petit voyage instructif me plaît!... Ainsi, vous m'autorisez à raconter à ce doux oncle caduc nos peccadilles de jeune homme?

DE CORDONDE *riant.*

Oui! oui! racontez-lui nos vices en masse... Mais certes, si j'avais eu l'adresse de mon vieil oncle , je vous aurais bien défié de me serrer de la sorte... A propos, une précaution oratoire indispensable : ne manquez pas de l'appeler monsieur le comte.

PRESSURANT *avec ironie.*

Il y tient!

DE CORDONDE.

Il est presque aussi tenace que vous.

PRESSURANT *le saluant avec affectation.*

Avouez que vous faites de moi tout ce que vous voulez. (*A part.*) Si la force publique ne m'avait pas abandonné, je serais moins accommodant... (*Haut.*) Au plaisir, monsieur le vicomte.

DE CORDONDE *vivement.*

Dites l'ex-vicomte!... Ne me compromettez point par une qualité inconstitutionnelle.

PRESSURANT *demi-sorti.*

Vous soutenez la Constitution?

DE CORDONDE.

La mienne, prodigieusement!... et l'humidité des cabanons de Clichy me suinte déjà dans la gorge... Fi! me trouver réuni avec des mangeurs de famille!

PRESSURANT *lui montrant son portefeuille.*

L'adresse de cet excellent oncle empêchera cette union mal assortie... Il habite donc dans son château de... département du...

DE CORDONDE *le poussant hors de la porte.*

Département du Cher... une rivière limpide et plus coulante que vous.

PRESSURANT *rentrant et multipliant ses protestations.*

Le ciel n'est pas plus pur que le fond...

DE CORDONDE *continuant.*

De votre bourse,... lorsqu'elle est pleine de gui-
nées.

PRESSURANT *avec gaîté.*

Je me contente de l'or de France. — A propos...
Si le cher oncle refusait de liquider notre héritage !

DE CORDONDE *avec dignité.*

Alors j'accepterais, moi, votre cordiale hospitalité.

Il veut fermer la porte sur Pressurant qui est sorti ; mais
un gros individu se croise avec ce dernier, et le vicomte recule
épouvanté.

(*A part.*) Je suis écrasé !

SCÈNE IV.

DE CORDONDE, DURIUSCULE.

DURIUSCULE *avec courtoisie.*

M'ouvrir vous-même!... Il y a excès de civilité,
aujourd'hui, monsieur le vicomte.

DE CORDONDE *avec brusquerie.*

Point d'épigrammes, monsieur Duriuscule.

DURIUSCULE *surpris.*

Vous vous piquez d'une prévenance !... Vous critiquez une remarque gracieuse pour vous et pour
moi !

DE CORDONDE *l'interrompant.*

Assez !

DURIUSCULE *avec vivacité.*

Comment ! c'est monsieur le vicomte qui s'impa-
tiente?... Et moi aussi, je devrais être fatigué...

DE CORDONDE *lui désignant un fauteuil.*

Qui vous empêche de prendre ce fauteuil?

DURIUSCULE *avec dignité.*

Personne, monsieur le vicomte; et je n'ignore pas que je puis saisir ce mobilier splendide!... Ah! votre dédaigneuse réception me facilite une rudesse inaccoutumée! Écoutez-moi sérieusement, monsieur le vicomte, car je viens vous demander le nécessaire pour ceux qui vous ont façonné, à crédit, ce luxe frivole. Entendez-vous, monsieur le vicomte, le nécessaire!... Mes ouvriers ont faim; comprenez-vous? Ceux à qui vous devez ces superfluités ont faim... Mais vous ne vous dérangez pas pour si peu... Votre journal est plus intéressant... Et lorsque l'on répand tant d'or autour de soi, n'en resterait-il plus dans les poches?

Il continue l'inventaire du mobilier, et le vicomte continue sa lecture.

Voici des tableaux admirablement encadrés :... on encadre si bien à Paris!.. En vérité, je ne me trompe pas ;... ces perruques sont pour moi d'anciennes connaissances.

DE CORDONDE *avec sarcasme.*

Vous vous vieillissez, vous vous vantez outre mesure, monsieur Duriuscule ; nos ancêtres...

DURIUSCULE *l'interrompant.*

Nos ancêtres!... C'est prouvé; chacun en a depuis Adam.

DE CORDONDE *avec fatuité.*

N'éloignez pas autant la question!... Je serais curieux d'apprendre où vous avez rencontré mes aïeux.

DURIUSCULE *avec intention.*

Dans les quartiers de l'aristocratie... rue de l'Université... chez le revendeur...

DE CORDONDE *avec ironie.*

Chez vous, monsieur Duriuscule ! Vous avez un aplomb qui prouve vos fortes études, et je suis certain que vous avez retenu les ridicules de cette fable du bon La Fontaine, qui excellait dans la méchanceté. — *Ils sont trop verts !...*

Il lui montre les tableaux.

DURIUSCULE *de même.*

Je vous certifie qu'ils étaient très-murs ! Mais nous avons rajeuni les toiles en les remplaçant ; de plus, nous leur avons imposé gratuitement des armoiries brillantes, très-brillantes, puisque nous avons eu la précaution d'étendre deux couches de vernis pour épargner vos couleurs :... je veux dire les couleurs.

DE CORDONDE *vivement et se levant.*

Vous êtes un malin connaisseur !... Ma foi, on m'avait souvent répété que les boutiquiers ajoutaient un prix extrême à ces gloires posthumes... Eh bien ! consentez à vous payer vous-même avec ces vanités déplacées... J'en ai là une demi-douzaine qui encombrent ma garde-robe, faute d'espace dans mon salon.

Il lui ouvre la porte d'un cabinet.

DURIUSCULE *avec ironie.*

Évitez-vous cette démarche puérile !... Il y a deux

ans, l'article était sollicité;.. il ne restait pas au ma-
gasin... Pour le moment, le blason se range... à l'é-
cart... Avouez qu'il paradait trop. Il y avait des juges
héraldiques dans chaque réclame... Mais est-ce que,
par hasard, monsieur le vicomte, vous chercheriez à
devenir un républicain de la veille ?

Il lui montre plusieurs journaux éparpillés sur la table.

DE CORDONDE *avec emphase.*

Citoyen ! je l'étais la veille.

DURIUSCULE *avec malice.*

La veille de votre naissance !... Vous vous vantez
à votre tour, monsieur le vicomte.

DE CORDONDE *s'animant.*

Appelez-moi citoyen !

DURIUSCULE.

Quel incroyable changement ! J'ai encore remarqué
des chiffres couronnés sur les boutons de votre livrée... Est-ce que, chez vous, les chiffres n'auraient
plus même cette valeur ?

DE CORDONDE *lui présentant un journal.*

Je reçois *le Peuple,* je comprends *le Peuple,* j'aime
le Peuple !

DURIUSCULE *avec dignité.*

Moi, je connais mieux que vous le peuple ! je l'apprécie, je le comprends, je l'aime plus que vous;...
et par respect pour son inaltérable probité, je dédai-
gne les calomniateurs, je foule aux pieds les intri-
gants qui usurpent son nom pour le dégrader.

Il foule aux pieds le journal et une deuxième feuille que le vicomte lui présente.

DE CORDONDE *avec chaleur.*

Vous insultez à *la Vraie République.*

DURIUSCULE *avec véhémence.*

La République vraie, honnête, glorieuse, nous l'avons acclamée avec inquiétude... Plus tard, nous l'avons défendue avec nos poitrines... Mais l'assassinat, la banqueroute, la honte, nous les repoussons avec dégoût, indignation, mépris!... Et bientôt nous serons contraints...

DE CORDONDE *l'interrompant.*

La contrainte a été abolie !

DURIUSCULE *avec sévérité.*

En savez-vous les motifs ignominieux?

DE CORDONDE *avec hauteur.*

Je sais que nous sommes libres;... je sais que le travail est le seul droit naturel!... Plus de priviléges insensés! Ah! ah! monsieur le négociant! ça dérange vos calculs, ça vous désole!... Cette délicieuse fille unique, que vous idolâtrez, n'épousera plus un duc et pair. Nous avons chassé ces oiseaux de mauvais augure, et nous sommes tous pairs! tous égaux! Vive la communauté!...

DURIUSCULE *froidement.*

Prenez garde d'injurier aux entrailles de nos mères !

DE CORDONDE *s'animant de plus en plus.*

Les maires étaient de misérables ambitieux!... Et

ce tyran de Louis-le-Gros s'est cruellement repenti
d'avoir rendu leurs charges héréditaires. A bas l'hé-
rédité ! A bas les héritages ! et si l'égoïsme envers le
peuple souverain continue, nous serons forcés de
tirer...

DURIUSCULE *sévèrement.*

Arrêtez !.. le pied glisse dans la boue et le sang !..
Taisez-vous, monsieur le vicomte, et respectez la
dignité personnelle d'un enfant du peuple, ouvrier
depuis cinquante ans, et que vos blasphêmes outra-
gent, quoique vos menaces ne le fassent sourire que
de pitié.

Avec exaltation.

A l'instant où je vous parle, le scrutin électoral se
dépouille, et le choix de ce peuple que vous jetez à
la révolte par des mensonges, vient peut-être de me
nommer le représentant de son honneur !... Cet honneur, je le défendrai... Ne l'insultez pas !...

Se radoucissant.

Monsieur le vicomte, les maximes que vous pro-
fessez sont odieuses, impies ! Retrouvez un peu de
cœur et de conscience pour les flétrir ! La débauche
a dévoré votre patrimoine, ne vous fermez pas le repentir en joignant aux larmes d'une famille le désespoir de la patrie.

Il va sortir et éloigne le vicomte qui cherche à le retenir.

Épargnez-moi vos commentaires. La richesse est
un forfait, parce que vous êtes ruiné !.. Dans quinze
jours je reviendrai solliciter ce droit au travail que

vous souhaitez si ardemment... Tâchez de ne point
me le refuser.

Il sort.

SCÈNE V.

DE CORDONDE *seul*.

Quelle scène!... Et maintenant, osez affirmer que
le communisme n'est pas profitable !... En voilà une
sortie pathétique ! Corbleu ! les marchands nous re-
vendront incessamment du patriotisme national!.. Et
moi qui ne les supposais insatiables que de brevets...
de perfectionnements !

(*Avec réflexion*). Néanmoins, j'ai dépassé les bornes
d'une plaisanterie très-hasardée, et j'ai reçu une le-
çon sévère, méritée. Oh! je regrette de ne pas voter
dans les Bouches-du-Rhône, qui proclament et
exaltent ce défenseur de l'ordre, je lui aurais donné...
ma voix,... ne pouvant lui donner autre chose !...
C'est qu'il est doué d'une éloquence qui m'aurait persuadé que je n'étais qu'une dupe politique ;... et le
moyen d'inventer une parade lorsque l'on est tellement acculé...

La porte du salon s'ouvre.

O mon Dieu ! un troisième ! (*Avec joie.*) Ce n'est
que mon fidèle serviteur !...

Il se laisse glisser mollement sur le sofa.

Reprenons notre gravité compromise ; j'ai failli
m'évanouir de... saisissement.

SCÈNE VI.

DE CORDONDE *allumant un cigarre,* GEORGES.

GEORGES *avec hésitation.*

(*A part.*) Je ne sais comment m'y prendre pour essuyer son premier jet de colère. (*Haut.*) Monsieur le vicomte, soyez convaincu... que...

DE CORDONDE *sèchement.*

J'excuse ta négligence.

GEORGES *avec humilité.*

Le concierge est désolé ; ses marmots crient, sa femme gronde...

DE CORDONDE *souriant.*

Va l'apaiser, et qu'elle ne soit plus susceptible d'un oubli volontaire de ses devoirs.

GEORGES *se retirant.*

(*A part.*) Il ne me menace pas ; il cherche à rire... Décidément le joufflu a raison ; il a pressenti le mal-aise... et M. le vicomte est sous le coup d'une terrible affaire... cérébrale !

Il regarde son maître avec compassion, et ferme la porte.

SCÈNE VII.

DE CORDONDE *seul et se parlant avec réflexion.*

Le cigarre illumine l'imagination... Oui ! j'obéirai à cette conciliante pensée ;.. j'aurai ce courage. Nous sommes à une époque où chacun doit montrer le sien !... J'irai trouver Duriuscule, et je lui avouerai mes torts... Ça ne coûte pas mille livres un aveu, et ça décharge souvent d'un fameux poids. Je ne m'explique pas pourquoi tant de vanités hésitent en pareille mésaventure. Hélas! moi, je le confesse avec une contrition parfaite, on ne joue pas impunément ces rôles de désordre... Et puis, on peut avoir été un détestable sujet, et ne pas haïr une société quelconque.

(*Avec conviction.*) Je suis persuadé que ma confiance adoucira Duriuscule, et me prolongera peut-être la sienne.

Ah! ah! ah! Duriuscule,.. très-dur! Pressurant,.. qui pressure! Il y a des noms qui portent avec eux des armes parlantes.

(*Examinant les portraits.*) Mes valeureux ancêtres... Ce revendeur de l'Université blesse cruellement notre orgueil! Il faudra que je consulte là-dessus... Qui consulter?... Ce serait douter vis-à-vis d'un étranger, et quelquefois apprendre... Je préfère m'en rapporter là-dessus à mon dernier parent, à mon vieil oncle, à qui je dois cet excès d'antiquités,.. Ah! ah! cet oncle bien aimé, quelle surprise je lui improvise! quelle agréable distraction à ses ennuis champêtres! Car enfin, il n'est pas possible que l'on s'amuse toujours à la campagne! Ah! ah! il est d'un caractère si bizarre, que, pour la rareté du fait et se débarrasser d'un importun, il est capable de payer les dettes de son unique héritier (à valoir sur sa succession).

Ah! ah! je me souviendrai longtemps de ma première et dernière visite à son château du Berry! Tudieu! quel empressement amical pour nous lancer...

sur le lac de Genève, où, Furety et moi , avons glissé quelques têtes ravissantes de fantaisie! Hélas ! nous les avons chantées aux glaciers de la Suisse indomptable, ces paroles de damnation :

Oui, l'or est une chimère ;
Sachons, sachons nous en servir !

(*Changeant de ton.*) Ris donc, imbécille! ris donc avec tes souvenirs de l'Opéra. Ils doivent être précieux, à les juger par le prix qu'ils te coûtent. Ris donc!...

Il s'allonge avec mollesse sur le sofa.

Et dans quinze jours, le temps légal pour dévaliser un homme comme il faut, tu n'auras plus ces moëlleux coussins qui supportent tant de faiblesses et de penchants !... Que découvrir pour me relever ?

Il se place sur son séant, et réfléchit.

Sur quoi me réduire ? Les économies ne me sont plus possibles... J'ai vendu mes chevaux ; j'ai vendu mes équipages ;... il ne me reste désormais à livrer que mon individualité.

Il se promène et se mire devant une glace.

Parbleu ! à distance, je ne suis pas précisément à dédaigner, quoique le seul argent que je possède se montre trop dans ma chevelure... Mais il est des eaux merveilleuses qui se prêtent aux métamorphoses les plus inouïes !... et à la minute On rencontre une dot superbe, une femme charmante, des cheveux de jais, des dents... Lisez plutôt aux Annonces diverses...

Il prend un livre sur un des rayons de la bibliothèque.

Le voilà tracé, ce mot sacramentel : *Physiologie du*

mariage!... Je suis certain que je pâlis en le pro-
nonçant.

Il se laisse retomber sur le sofa, et feuillette le volume.

Farceur de Balzac!... C'est récréatif!... Pas si
drôle!... On en a de suite suffisamment dans la tête
de ces sarcasmes-là...

La porte du salon s'ouvre, il cache le livre sous un des
coussins du sofa.

Ayons au moins la prudence de dissimuler nos pré-
jugés et nos caprices.

SCÈNE VIII.

DE CORDONDE, GEORGES *qui s'avance avec une curiosité
timide.*

DE CORDONDE *brusquement.*

Qu'est-ce?

GEORGES.

Le déjeûner est prêt. Servirai-je ici?

DE CORDONDE *avec distraction.*

Certainement.

Georges dispose deux couverts sur la table.

DE CORDONDE *vivement.*

Mais je ne suis pas encore... Pourquoi deux couverts?

GEORGES *naïvement.*

M. de Furety ne déjeûne-t-il pas avec monsieur le
vicomte?

DE CORDONDE *riant.*

Très-bien! très-bien! (*Avec gravité.*) Une autre
fois, Georges, ayez l'attention de dire M. le marquis

de Furety : on vous prendrait pour un domestique de mauvaise maison.

GEORGES *avec humilité.*

Ce Monsieur n'inscrivait pas ce titre sur ses cartes de visite, et j'ai supposé...

DE CORDONDE *vivement.*

Il en a le droit... (*Se parlant à lui-même.*) C'est une singularité... pour faire le contraire de beaucoup d'autres ! (*A part.*) Oh ! oh ! cet admirable Furety, ma frayeur le calomniait... Je pourrai, avant comme après, lui accorder ses franches coudées dans mon ménage... (*Haut.*) Mon ménage ! Ah ! mon Dieu !...

GEORGES *avec un zèle alarmé.*

Monsieur le vicomte souffre ?...

DE CORDONDE *vivement.*

Non, jamais je ne souffrirai !... (*Se radoucissant.*) Georges, retirez-vous ; je me porte à merveille.

GEORGES *qui s'éloigne.*

C'est que M. le vicomte semble tout... changé.
Il sort.

SCÈNE IX.

DE CORDONDE *avec colère.*

En çà, est-ce que, par exception, j'aurais déjà la physionomie d'un... complaisant?... Point de fâcheuse surprise !... Nous vivons sous les douceurs d'une République une et indivisible. Or, pour se marier légitimement, il faut un consentement réciproque, l'élection à deux degrés... Quel absolutisme !.. Se charger

du fardeau conjugal, quelle misère?... Mais, en vérité, notre progressive Constitution aurait dû l'in-
terdire à mes semblables... On oubliera toujours
l'essentiel... Que de changements bénis avec quelques mots!... (*Se mirant dans une glace.*) Les domestiques font parfois des remarques très-désagréa-
bles... Et penser qu'avec une aussi luxuriante végé-
tation... (*Il caresse sa barbe.*) j'ai perdu les racines
qui m'attachaient en ce monde!... (*S'approchant de
la table servie.*) Si nous les arrosions légèrement.

Il cherche à déboucher un flacon.

O vertueux Furety! les absents...

SCÈNE X.

DE CORDONDE, GUSTAVE DE FURETY.

GUSTAVE *saisissant le flacon qu'il rebouche.*

Les absents ont toujours tort, et je te ferme une
médisance.

DE CORDONDE.

Je t'ouvre les deux bras et un appétit de viveur
parisien... A table !

Les deux jeunes gens se mettent à table.

Il est évident, Gustave, que tu ne possèdes guère
la rigide exactitude des rendez-vous. Ce serait im-
pertinent pour une maîtresse, c'est extravagant pour
un déjeûner de garçon !... Tout sera glacial, excepté
le cœur de l'amphytrion.

GUSTAVE *souriant.*

Et principalement ce champagne frappé.... ces

cuisses d'oie de Gascogne... Quelle froide réception !

DE CORDONDE *s'animant.*

Quelle succulente gelée autour de cette chair!...
Absolument comme autour de celle de l'église de....

GUSTAVE *avec sévérité et l'interrompant.*

N'achève pas !... Ne t'inspire point de cette fatale
négation des choses du ciel , qui nous plongera dan^s
l'abrutissement d'une décadence imminente. Sans la
Foi , il n'y a plus de pouvoir incontestable , il n'y a
plus de nationalité!... Le matérialisme, c'est l'époque
des Tibère , des Néron...

DE CORDONDE *vivement*

Est-ce que tu prétendrais nous clouer aux bancs
de nos écoles scholastiques !... Nous avons depuis
longtemps subi l'examen de la licence!... Nous sommes....

GUSTAVE *l'interrompant.*

Des passés-maîtres ! qui ne savons pas nous res-
pecter en respectant leurs devoirs.

DE CORDONDE *gravement.*

Il n'y a plus de droits; à quoi bon transiger avec
les devoirs !

GUSTAVE *riant.*

Garde cette facétie pour satisfaire tes créanciers.

DE CORDONDE *vivement.*

La réserve est approuvée ,... et j'attaque sans
pitié ces cuisses de Gascogne.

GUSTAVE *riant.*

Tu es somptueux comme si les rentes ne baissaient
pas.

DE CORDONDE.

Les miennes ne baisseront plus ;.. et je verse mon
champagne glacé à une amitié éprouvée, pour ne
point le risquer dans un pillage où j'aurais la chance
de le laisser avaler par des frères inconnus...

GUSTAVE *qui vient de vider son verre.*

· Le fonds de ta politique est délicieux !...

Ramassant des journaux qu'il vient d'éparpiller avec son
coude.

Je n'en proclamerais pas autant pour celle de ces
feuilles volantes. Quoi ! tu soldes ces vilenies?... Tu
écoutes cette dépravation , ce cynisme de langage...
Tu reçois...

DE CORDONDE *l'interrompant et lui présentant une bande im-
primée qu'il ramasse sur le tapis.*

Lis : *A monsieur le vicomte de Cordonde.* Je conserve cette concession sous bande... Sans cela, je
renvoyais net mon abonnement.

GUSTAVE *avec ironie.*

Et tu t'abaisses pour ramasser cette insolente ser-
vilité ?... Et tu aides à propager ces hideuses théo-
ries ?...

DE CORDONDE.

Oh ! ces monstres ne sont pas si terribles ; ils ne
ne nous dévoreront pas... Ils craignent de se casser
les molaires ; et ces plumes de fer ne déchireront que
beaucoup de papier d'écolier.

GUSTAVE *gravement.*

C'est avec cette indifférence coupable, avec ce quiétisme stupide que nous nous sommes trouvés inertes, absurdes devant le gouffre où le vertige nous entraînait.

DE CORDONDE *vivement et agitant les journaux.*

C'est pourquoi il faut nous habituer au vide; c'est pourquoi il faut sonder ces abîmes d'un coup-d'œil... et descendre...

GUSTAVE *l'interrompant.*

Dans la fange des calomnies !

DE CORDONDE *de même.*

Dans la rue !... N'insulte pas au courage malheureux. J'ai fait mes preuves; j'ai crié sous les fenêtres de l'hôtel des Capucines : *Vive la Ré...*

GUSTAVE *l'interrompant.*

Imprudent !...

DE CORDONDE *se frappant la poitrine.*

Insensé !... Je n'étais là que pour la forme... Nous sortions d'un banquet splendide; aussi n'y avons-nous vu que des chandelles :... bougies serait trop aristocrate.

GUSTAVE *avec élan.*

Au moins, j'estime cette franchise repentante !... Hélas! oui, c'est au choc des verres que se sont brisées les splendeurs d'un pays sans rival !... Et une révolution, c'est-à-dire la décadence morale et matérielle d'un grand peuple, se trouve souvent tout entière dans un mot mal compris.

DE CORDONDE *vivement.*

Comment se comprendre,... lorsque chacun peut, à l'envi, affirmer, discuter, nier?... Mais c'est un désordre nécessaire...

GUSTAVE *avec ironie.*

N'est-ce pas aux cris de: Vive un ordre indispensable, que chacun s'initie à ces délirantes libertés!

DE CORDONDE *vivement.*

Quant à moi, j'invoque l'autorité supérieure! je suis de l'avis de l'Empereur, ensuite on s'arrangera pour laver son linge sale en famille.

GUSTAVE *riant.*

La paix! la paix! Calme-toi! Ne t'abrite pas avec tant de chaleur sous le despotisme du sabre, et pour nous r'habiller un peu, tu approuves la fameuse proposition de M. Antoine?

DE CORDONDE *vivement.*

J'eusse décoré M. Antoine, qui a trouvé le moyen de faire rire en proclamant un impôt sur le luxe.

GUSTAVE *riant.*

Le luxe des pan... d'un habit comparativement à la veste... Tu as peut-être raison de l'apprécier, car, au train dont nos représentants mènent la fortune de la France, nous aurons bien des trous à boucher... A moins que leur ardent enthousiasme ne nous décrète bientôt le vêtement primitif.

DE CORDONDE *gravement.*

Le système de l'égalité a de rigoureuses conséquences!... cependant, nous ne serions pas encore...

GUSTAVE l'*interrompant*.

Dans le Paradis terrestre.

DE CORDONDE *avec finesse*.

Ce n'est pas précisément ce que j'avais l'intention de conclure... Nous avons trop péché!... Tiens! (*Il verse le champagne.*) Buvons à profusion, et laissons aux habiles économistes les déboires diplomatiques! Buvons... à tes amours!... Tu rougis!... Comment vont-elles, ces tendresses privées!

GUSTAVE *avec gravité*.

Tu redeviendras digne de sentir ces émotions vraies! J'espère...

DE CORDONDE *dégustant son champagne*.

Comme il nous a jeté cette espérance exquise!... Elle est très-belle, très-belle, cette adorée fille d'Ève?

GUSTAVE.

Non, elle est charmante!

DE CORDONDE.

Elle a de l'esprit, infiniment d'esprit?

GUSTAVE.

Non, elle est aimable.

DE CORDONDE.

Alors, elle appartient à la classe privilégiée?...

GUSTAVE.

Non, elle est modeste, pieuse; mais son père est un de ces infâmes boutiquiers, comme tu les exècre.

DE CORDONDE *s'animant de plus en plus.*

Enfin, elle est immensément riche ?

GUSTAVE *avec passion.*

Je l'aurais aimée dans la pauvreté ; je l'aurais choisie avec un patrimoine inférieur au mien (et le mien n'est pas considérable) ; mais elle est colossalement riche, malheureusement !

DE CORDONDE *riant.*

Ah ! ah ! l'expression *malheureusement* est adorable comme le trésor que tu as deviné... M'expliqueras-tu cette infortune ?

GUSTAVE *vivement.*

Je n'admire le mariage qu'avec l'amour ; je n'explique l'amour qu'avec la vertu... Le public bienveillant ne manquera pas de répéter que nous faisons, l'un une spéculation financière, l'autre une spéculation blasonnée.

DE CORDONDE.

Ainsi, c'est une inclination mutuelle... Oh ! comme j'aurais besoin de cette assurance mutuelle-là... contre mes désastres particuliers !... Néanmoins la boutique !... je me fais sans doute des illusions sur mes qualités... Car les exemplaires comme toi choisissent.

GUSTAVE *riant.*

Tu as oublié le proverbe de ton oncle Berrichon : *Celui qui poursuit deux lièvres...*

DE CORDONDE *l'interrompant.*

Moi, je n'avais qu'un oncle ;... j'ai voulu le poursuivre, et, comme nous étions ensemble, il est inutile de te raconter notre disgrâce commune.

GUSTAVE.

J'avoue que ton oncle est d'une originalité distinguée.

DE CORDONDE *riant.*

Et d'une origine équivalente. Ah ! ah ! les remarquables types que forme la province !... Tu te souviens de cet insipide meunier qui réclamait des dommages-intérêts parce que le bateau que nous balancions sur son étang retardait, disait-il, les productives étreintes des poissons ; parce que nos coups de fusil empêchaient sa jument de paître.

GUSTAVE.

Nous l'avons envoyé paître lui-même.

DE CORDONDE.

Et Mme Victoire Contrainte ?... Quelle redoute fortifiée !

GUSTAVE.

Et Mlle Marguerite Usée ?... Quelle vigoureuse maîtresse au logis !

DE CORDONDE.

Comme ces mégères nous défiguraient des pieds à la tête !... Elles n'avaient pas besoin de se montrer si repoussantes.

GUSTAVE.

Ton cher oncle les exauçait avec une ponctualité...

DE CORDONDE.

Presque excusable ; nous tombions à l'improviste dans son manoir, avec des laquais, des chevaux, des chiens.

GUSTAVE.

C'est pourquoi il nous reçut comme ces derniers.

DE CORDONDE.

Ne nous plaignons pas de sa brusquerie... Il nous renvoya avec deux mille écus vers les attrayantes perspectives... de l'Helvétie !... Comme je voudrais me transporter à ce temps des montagnes de notre valise !

GUSTAVE *lui remplissant son verre.*

Nous le faisions passer très-agréablement.

DE CORDONDE *avec amertume.*

Le passé n'est plus à nous !... le présent menace d'empirer... Changeons... de conversation. De quelle excentricité nous inonde le jockey-club?

GUSTAVE *vivement.*

De l'exaltation des folies les plus destructives...

DE CORDONDE *avec gaité.*

Le jeu , la chasse, les duels !... C'est rococo comme défunts Esaü , Nemrod et Goliath !...

GUSTAVE.

Comme Caïn , comme le premier crime ! et tu vas rehausser la stérile bravoure de M. de Matisan qui aurait été tué dans un duel.

DE CORDONDE *vivement.*

Cet invincible Matisan percé en pleine poitrine...

Que de cœurs ouverts !... Du reste, c'est retourner en poussière très-agréablement... Il était criblé de dettes! Ah !

Il pousse un cri de satisfaction, et se met à danser autour de la table.

(*Avec exaltation.*) Gustave, embrassons-nous ! Gustave, je suis sauvé !... Je ne me marierai jamais!

Il agite un timbre avec violence.

Gustave, marie-toi!... Douze enfants!... C'est une position bénie, très-enviée, très-enviable !...

SCÈNE XI.

LES PRÉCÉDENTS, GEORGES.

DE CORDONDE *apercevant son groom.*

Georges, lève la consigne; je recevrai mes fournisseurs ; je veux leur rendre la satisfaction qu'ils m'ont procurée.

GEORGES.

Monsieur, il y en a déjà cinq ou six qui font une tempête,... qui gesticulent comme un télégraphe pendant l'émeute... Je vais les contenter... (*A part.*) Quel nouveau ministère !... Comme les suppliques vont pleuvoir !... Sa tête se dérange, cela est certain.

Il sort.

GUSTAVE *arrêtant le vicomte.*

D'où te vient ce transport subit? Je présumais que tu portais plus aisément cette mousse.

Il remplit les verres de champagne.

4

Tu nous as improvisé un dessert peu recherché...
Mais voici que tu me raccommodes avec l'avenir.
En France, notre caractère est au variable, et puis-
que nos habitudes s'améliorent, nous finirons par...

DE CORDONDE *réunissant toutes les bouteilles autour de lui,*
et l'interrompant.

Du bordeaux! du champagne! du laffitte!.. Salut
à l'avenir! salut au présent! salut au passé! car je
viens de trouver la pierre philosophale... de mon
tombeau...

SCÈNE XII.

LES PRÉCÉDENTS, GEORGES, DIVERS FOURNISSEURS *dont*
l'état de chacun est indiqué par le paquet qu'il
porte.

GEORGES *annonçant.*

Monsieur le vicomte, la fourmillière est à mes
trousses.

PLUSIEURS FOURNISSEURS *se désignant entre eux les restes du*
déjeûner.

Comme ils s'engorgent, comme ils dévorent, ces
gaillards-là!...

DE CORDONDE, *qui s'est levé pour les recevoir, vide son verre*
d'un trait, pousse un cri aigu et retombe sur son siége.

Ma langue s'épaissit;... je ne vois plus...

GUSTAVE *se précipitant vers lui.*

Ouvrez les fenêtres!...

UN DES FOURNISSEURS *ramassant des journaux tombés sur le tapis.*

Il est rouge!... c'est un épanchement au cerveau !

UN AUTRE FOURNISSEUR.

C'est l'effet du champagne,... lorsque l'on se tisane ainsi sans compter.

GÉORGES *avec désespoir.*

Mon maître inépuisable!... jamais je n'en rattrapperai un si commode !

GUSTAVE *qui frotte les tempes du vicomte avec de l'eau de cologne.*

Georges, criez moins fort, et courez chercher un médecin... Il y a trop de personnes dans l'appartement.

Georges sort.

PLUSIEURS VOIX.

Nous venions...

GUSTAVE.

Vous reviendrez !

PLUSIEURS VOIX.

C'est que nous sommes revenus...

GUSTAVE *impatienté.*

Vous voyez bien que M. de Cordonde n'est pas en état de recevoir.

UN DES FOURNISSEURS.

Il ne peut donner que des inquiétudes !

UN DES FOURNISSEURS.

Pauvre jeune homme !

UN AUTRE FOURNISSEUR *avec anxiété, interrogeant son voisin.*

Est-ce qu'il est pauvre?

UN AUTRE FOURNISSEUR.

Sa situation est très-précaire,... pour le moment.

GUSTAVE *vivement.*

Messieurs, vos discours et votre présence fatiguent le malade... Ne me forcez pas à sortir de mon caractère !

Il leur montre la porte, et les fournisseurs hésitent et conversent entre eux.

Regardez! sa figure bleuit!... Si c'était une crise du choléra !

LES FOURNISSEURS ENSEMBLE.

Nous sortons! nous sortons?... Le choléra!... Ma femme! ma fille! mon Benjamin!... Nous sortons.

Ils se précipitent tous vers la porte.

GUSTAVE *avec dédain.*

Les lâches excuses !... Ma femme! mes enfants!... Comptez donc sur l'abnégation de tous devant le péril !

SCÈNE XIII.

DE CORDONDE, GUSTAVE.

DE CORDONDE *ouvrant les yeux.*

Je respire maintenant plus à l'aise...

GUSTAVE *vivement*.

Quelle frayeur tu m'as causée ! N'abuse pas de tes forces.

DE CORDONDE *éclatant de rire*.

Ah ! ah ! ah ! Je bois à ta chevaleresque naïveté !

Il vide un verre de champagne.

Quelle merveilleuse ressource que le choléra pour éviter les décourageantes grimaces... Ah ! ah !

GUSTAVE.

Que signifie ?...

DE CORDONDE *l'interrompant*.

Nous n'avons pas le loisir de bavarder, et le docteur serait capable d'être ponctuel... par hasard !... J'imite, pour solder mes dettes, la sage prévoyance de Matisan ;... je vais mourir. Et c'est toi que je charge de mon incommensurable liquidation.

Il vide de nouveau son verre.

Un pestiféré ruiné doit laisser ses os dans un hôpital ! Prends ton chapeau et conduis-moi vers une patrie moins aride, où tu auras soin de m'envoyer mon linge, et mes habits les plus à la mode.

GUSTAVE *riant*.

Où veux-tu que je te dirige ?... il est trop tard !... Et le feu est dans les affaires de l'univers entier.

DE CORDONDE.

J'irai d'abord faire enrager mon oncle, et s'il me

réexpédie avec du foin dans mes bottes, je crierai :
Fouette cocher ! double ration !

GUSTAVE *riant.*

Et si l'herbe te manque sous les pieds !

DE CORDONDE.

Je me mêle soudain aux propagateurs de doctrines
libérales ; je répands généreusement avec eux les
salutaires dévoûments, et, comme eux, je me fais
élire pour secourir les opprimés et toucher les 25 fr.
par jour... Gentil métier !

GUSTAVE.

Et si les oppresseurs te repoussent ?...

DE CORDONDE.

Les niais !... Je m'embarque pour l'Icarie... Terre
des dieux, où la nourriture, le foyer, le vestiaire
s'accordent *gratis,* comme la gelée et la grêle en
France. Enviable Icarie ! aveugle France !...

Il entraine Gustave vers la porte, puis il revient prendre le
livre caché sous un des coussins du sofa.

Un mourant, mon cher Gustave, affecte toujours,
non pas ses collatéraux qui héritent, mais il affecte
toujours, en souvenir, un cadeau à son exécuteur
testamentaire... (*Il lui offre le volume.*) Voici le
mien ! Tu feras couvrir ce précieux volume en peau
de chagrin noire ; tu auras la précaution d'en faire
arrêter les cornes avec des ornements d'un pur acier,
pour les conserver intactes, et puis tu étudieras fré-

quemment, parmi ce modèle de style, des aperçus instructifs et moraux, tirés de la *Comédie humaine*.

GUSTAVE *prenant le livre.*

Cette perfection est intitulée ?...

DE CORDONDE *lui épelant le titre.*

La Physiologie du Mariage... Mais courons chez l'imprimeur, car Georges serait de retour ici, s'il n'y avait pas un marchand de vin à chaque coin de rue. (*Fermant le volume que Gustave parcourt.*) Tu auras le temps de me remercier de mon cadeau dans les épreuves de ta première lune de miel;... et moi, je suis pressé de surveiller l'impression de mes lettres d'enterrement; je serais désolé de couronner mes œuvres avec des fautes d'orthographe, et d'omettre sur ma liste d'envoi un seul de mes créanciers les moins exigeants... Oh! elle sera longue la liste!... moins longue que leur figure blême lorsque tu leur auras expédié *franco* mon épître encadrée de deuil.

GUSTAVE *voulant l'arrêter.*

Cette folie n'est pas dangereuse..... mais quelle sottise....

DE GORDONDE *gravement.*

Ne m'empêche pas cette dernière !.... Que de sots voudraient être aussi spirituels à l'égard de leurs créanciers et faire échouer où écheoir leurs billets à l'ordre... du néant !

Il entraîne Gustave vers la porte et le rideau se baisse.

ACTE SECOND.

La sc ène se passe dans un château du Berry. Le théâtre représente un salon dont les meubles annoncent une an-
cienne opulence. A droite du spectateur se trouve une
table couverte de registres et de journaux. A gauche est un
bureau-secrétaire dont le dessus forme une bibliothèque.

———

SCÈNE PREMIÈRE.

UN BEAU VIEILLARD, *en robe de chambre, vient de
reconduire quelqu'un et lui parle sur le seuil de la
porte.*

Impossible ! mais va boire à l'office, et lorsque tu
seras moins déraisonnable, nous nous reparlerons.

UNE VOIX *en dehors.*

Une p'tite diminution, Mossieu le comte, vous êtes
si riche !

LE COMTE DE CORDONDE *fermant la porte avec violence.*

On ne sait plus de quelle manière les traiter ces
gens-là, avec ce pitoyable système de suffrage universel ! Exiger une diminution dans un fermage
qui n'a pas été augmenté depuis vingt ans :... quelle
audace !... Tous, ils murmurent sans cesse cette ba-
nalité. « Vous êtes si riche, M. le comte ! !... »

Avec réflexion.

Monsieur le comte !…. j'ignore comment leur expliquer de ne plus me qualifier de la sorte.., moi qui
me fâchais cramoisi lorsqu'ils manquaient de s'y
conformer… Oh ! les barricades sont intolérables !

S'animant.

Jalousie ! convoitise ! préventions ! rancunes !….
« *Ote-toi de là que je m'y mette !* » Telles seront les
sources , tel sera l'invariable refrain des révolutions
successives ! Et moi aussi j'ai succombé à cette niaiserie des mots qui n'ont plus qu'une signification
dérisoire ! Ambition cruelle ! j'ai acheté quelques syl-
labes afin de rendre mon nom plus sonore ; et pour me
grandir impunément de cette petitesse , j'ai déserté
ma province natale , j'ai renié mes amis d'enfance,
je suis venu me confiner dans ce féodal château du
féodal Berry , où je vis comme un étranger, tant je
redoute de ne point rester assez inconnu ! Vanité des
vanités ! bassesse qui s'humilie jusqu'à la haine,
jusqu'à la torture de sa propre joie… Ainsi , je n'ai
qu'un neveu que j'aime, eh bien ! je l'éloigne , je le
fuis , pour ne pas lui révéler… ô orgueil des imbé-
ciles !… nous le subissons tous !

Avec enthousiasme

Mais le vicomte Réné de Cordonde ne se cache pas
lui ! Ses amis répondent , le front haut, aux plus illus-
tres noms de nos glorieuses monarchies… et lorsque
par mes économies cumulées , il sera devenu deux
fois, quatre fois millionnaire, sans conteste, le vicomte
Réné de Cordonde épousera la colossale héritière
du château des Brivades , magnifique demeure en-

tourée de 40 hectares de futaies séculaires !.... il se
hantera à cette vieille souche des Brivades !.... fiers
gentilshommes... trop dépensiers ; mais alors...

Avec amertume.

Alors nous ne serons pas plus avancés qu'aujour-
d'hui ! Le moyen de rester quelque chose avec cet
inepte suffrage universel !..... est-ce praticable ?.....
N'est-ce pas une démence que de se flatter de plaire
à un chacun !.. Oh ! ce privilége-là, nous n'avons pas
besoin de l'abolir... et bientôt nous serons obligés de
suivre la très-efficace initiative des plus habiles agro-
nomes ! Bientôt, pour assurer nos jouissances, pour
augmenter nos recettes, nous ferons valoir nos domaines.... par domestiques !.... Avec de nombreux
domestiques, quelle certitude d'avoir beaucoup de
monde à ses ordres... Dans les élections, et avec des
élections prédestinées, on peut arriver au comble de
nos vœux ! on peut devenir... le premier magistrat
de son village !..

Se retournant, avec effroi, au bruit d'une porte qui s'ouvre.

Quelqu'un pouvait m'entendre !..

Apercevant Marguerite.

Il n'y a pas de grand homme pour son valet de
chambre !

SCÈNE II.

LE COMTE, MARGUERITE.

Le comte s'est remis à feuilleter dans ses registres, et Marguerite, assise à l'écart, tricote et le regarde à la dérobée.

MARGUERITE.

(A part).

Plus souvent que je lui adresserai la parole, il me contredirait de suite.

Soupirant.

Il n'y a qu'une seule circonstance où je plaide vainement l'opposé de mes désirs... que de peines pour acquérir un honnête repos !

LE COMTE.

(A part).

Je parie que Marguerite me blâmera si je lui divulgue mes projets.

Il continue son travail et Marguerite tousse à plusieurs reprises avec affectation.

LE COMTE *avec douceur.*

Marguerite, les rhumes négligés sont dangereux !

MARGUERITE *de m me.*

M. le comte, un travail opiniâtre échauffe le sang!

LE COMTE *avec gravité.*

J'avais besoin de compulser mes registres, car nous allons, ma chère Marguerite, opérer des revirements prodigieux dans l'administration de ma fortune.

MARGUERITE *avec soumission, et rapprochant insensiblement son siége.*

Les temps sont pénibles, et il n'y a pas de minimes réductions.

LE COMTE *surpris.*

(A part).
Elle entre admirablement dans mes idées.

MARGUERITE.

(A part).
En lui accordant ses fantaisies, je vais totalement modifier ses vues.

LE COMTE *avec gravité.*

Ma chère Marguerite, j'ai compté sur ta sollicitude éclairée pour favoriser ma gestion agricole ; car je vais faire valoir mes vastes propriétés par domestiques.

MARGUERITE *vivement.*

Vous voulez faire valoir vos propriétés par domestiques ?

LE COMTE *avec énergie.*

J'ai cette formelle résolution.

MARGUERITE *avec empressement.*

Quelle ivresse !

LE COMTE *avec surprise.*

(A part).

Je ne m'attendais pas à cette enthousiaste exclamation!...

MARGUERITE *avec volubilité.*

Comme je suis enchantée!... nous aurons des vaches reluisantes, du beurre doré!... Nous élèverons des oies, point de dindons!... le chant du coq-d'Inde me produit la chair de poule!...Et pour les profits de la ménagère active, vous m'abandonnerez...

LE COMTE *l'interrompant avec gaîté.*

Avant d'additionner les rapides bénéfices... supputons les chances de pertes. *(A part).* D'abord, je ne serai pas nommé membre du conseil municipal si je ne me confirme des voix dévouées, positives... *(Haut).* Qu'en penses-tu, Marguerite?

MARGUERITE *vivement.*

Je pense que le château sera joyeux et chantant comme un nid de fauvette!... Nous aurons des bergères proprettes; nous aurons des valets alertes et nous danserons chaque dimanche... Oh! ces plaisirs vous rajeuniront, Monsieur le comte!

LE COMTE *se permettant des familiarités.*

Est-ce que tu me trouves vieilli?

MARGUERITE *le repoussant avec agacerie.*

Je vous trouve trop jeune!... mais j'approuve fort vos délicieuses intentions!... Et puis, il faut enfin s'accoutumer au travail puisque le gouvernement doit le décréter après Dieu!

LE COMTE *avec reproche.*

Tu te mêles de politique!... Tu oserais critiquer le gouvernement?

MARGUERITE *vivement.*

Fi! j'en ai horreur!... Je ne cultive, dans les journaux, que l'esprit... du feuilleton; surtout lorsqu'il marie les rois avec les gardeuses de moutons... Ça c'est vu, n'est-ce pas?

LE COMTE *avec gaité.*

Parlons plus officiellement!... Tu encourages mon agriculture?

MARGUERITE *vivement.*

C'est-à-dire j'encouragerai vos lucratifs résultats quand vous en aurez obtenus!... Ce n'est pas si facile que vous l'imaginez, vous autres grands propriétaires, que de féconder la terre!... que de faire manger du pain!... Et sans miracle, ces gentils sacs rebondis que vous envoyez régulièrement à votre banquier manqueront au semestre!... Mais en revanche,

que de générosité autour de vous ! que de béné-
dictions !

LE COMTE *riant.*

Allons ! tu condamnes mes économies figurées, et
tu conserverais le Gros-Pierre dans ma ferme et mon
moulin de Laupinais.

MARGUERITE *vivement.*

Je le mettrais à la porte.

LE COMTE *s'animant.*

Tu aurais tort !... Vois-tu, Marguerite, l'argent
sera toujours l'échelon de la fortune, le levier du
pouvoir, l'occasion de la renommée !... Gros-Pierre
est exact à l'échéance, et s'il ne sollicitait pas une
diminution...

MARGUERITE *l'interrompant.*

Moi, je l'augmenterais !

LE COMTE *vivement.*

Je suis le maître de décider cette question !

MARGUERITE *de même.*

A chacun la liberté de ses opinions !

LE COMTE *vivement.*

Vous faites encore de la diplomatie chevaleresque !

MARGUERITE *avec douleur.*

Monsieur est fâché ?... Il m'a dit vous !

LE COMTE *gaîment.*

Je suis fâché de t'avoir procuré l'apparence d'un chagrin, je préfère les réalités! Tu feras jaser indirectement Gros-Pierre, je n'aurai pas l'air d'y avoir mis les pouces et tu termineras cette affaire à l'amiable! *(A part.)* Hélas! je perds ma place en conservant ma bourse! Jamais! jamais je n'aurai l'ins gne honneur d'être le premier magistrat de mon village!

MARGUERITE *avec malice.*

J'augmenterai la ferme?

LE COMTE *vivement.*

Je t'en défie!... *(A part.)* Que de desseins anéantis; que d'espérances renversées par le suffrage! *(Haut et regardant la pendule.)* Mon habit! mon habit!

Un dîner réchauffé ne valut jamais rien.

Et **M.** le curé, où je dîne, admire comme moi ce succulent alexandrin.

Il quitte sa robe de chambre et passe un habit que lui présente la gouvernante. Marguerite lui facilite également d'autres détails de toilette et lui offre sa canne.

LE COMTE *agitant sa canne.*

Voici ma voiture... Elle est légère!... lourde aussi!.. et prête à la minute.

MARGUERITE *avec emphase.*

Oh! moi, si j'avais la félicité de m'appeler Monsíeur le comte de Cordonde, j'aurais un équipage superbe, des chevaux fringants, une livrée étincelante.

LE COMTE.

Oui ! oui ! pour éblouir les badauds, susciter les vociférations... me faire pendre ! On tombe de moins haut en se tenant ferme sur les pieds !

Il se dirige vers la porte et sort.

MARGUERITE *le poursuivant*.

Vous oubliez votre parapluie !... les coups de soleil sont plus redoutables que les rhumes... Il ne s'arrête point !... Il descend l'escalier quatre à quatre au risque de se casser le cou !...

Revenant en scène.

Mon Dieu, que d'inquiétudes pour s'arranger une médiocre existence, car enfin, si je ne puis parvenir au contrat, je voudrais savoir au moins si le testament est signé.

Elle se retourne et se trouve face-à-face avec Gros-Pierre qui lui multiplie des gestes mystérieux.

SCÈNE III.

MARGUERITE, GROS-PIERRE.

GROS PIERRE.

Est-il franch'ment parti not' maître ?

MARGUERITE *avec hauteur.*

Votre maître ne musarde point comme vous ! et moi, je déteste les fainéants qui s'attablent indéfiniment dans notre cuisine.

GROS-PIERRE *avec finesse et la tirant par son châle.*

C'te farce !

MARGUERITE *vivement.*

Ce n'est pas une excuse que de déchirer mon châle.

GROS-PIERRE.

Jarni, soyez tranquille, j'voulons déchirer parsonne !... J'voudrais vous r'clamer un sarvice important !... *(Il se gratte l'oreille.)* — Vous r'fuseriez-t'y ?... On dit comm' ça qu'vous avez la confiance de not' Mossieu'... si vous m'aidiez à renouveler le bail de ma farme ?

MARGUERITE *avec humeur.*

Votre ferme est prise.

GROS PIERRE *avec naïveté.*

J'en crois r'en !...

MARGUERITE *piquée.*

J'ai menti !

GROS-PIERRE *vivement.*

J'n'ai pas entendu comme çà ?.. mais dans l'pays,

parsonne m'supplanterait sans avartissement... j'en réponds !..

MARGUERITE.

Excepté Monsieur le comte.

GROS-PIERRE *stupéfait.*

Comment ! mossieu...

Avec gravité.

Faut-il dire encore le comte ?

MARGUERITE *avec hauteur.*

Qu'est-ce qui a osé prétendre qu'il n'y aurait plus de comtesse ?... Gros-Pierre , gardez-vous de suivre d'épouvantables conseils, gardez-vous...

GROS-PIERRE *l'interrompant.*

Oh ! oh ! n'prenez pas votre voix grondeuse ; j'me garderai ben... Dam , moi j'n'écoute que c'qu'on raconte..... Mais not' mossieu conduisant lui-même les bœufs à la charrue, ça ferait joliment rire ma femme.

MARGUERITE.

Craignez que cela ne la défrise !

GROS-PIERRE.

Ce que c'est que d'badiner... Vous m'arrangerez mon nouveau bail... et ma reconnaissance...

MARGUERITE *vivement et l'interrompant.*

Combien d'augmentation ?

GROS-PIERRE *balbutiant.*

Par exemple !... madame... mam'selle... Faut-il que j'dise madame ou mam'selle ?

MARGUERITE.

Peu importe : à votre volonté !

GROS-PIERRE.

Madame, c'est plus honnête !.. oh ! madame Marguerite, la langue vous a tourné, vous vouliez m'demander comb'en d'diminution... J' vous affirme que toutes les farmes tomberont à cette extrémité.

MARGUERITE *sévèrement.*

Ce qui prouve, n'est-ce pas, que les révolutions portent avec elles la prospérité publique !.. Favorisez donc les révolutionnaires, recherchez donc les ambitieux !... applaudissez donc aux menteurs !..

GROS-PIERRE *vivement.*

C'est pas moi... c'est pas moi !... Comb'en de diminution ?

MARGUERITE *s'animant.*

Ça ne diminuera jamais, ces vauriens finis !

GROS-PIERRE.

J' vous assure, madame Marguerite, qu'faut qu'-
chacun vive ; j'ai cinq enfants...

MARGUERITE *vivement*.

Et à qui la faute de ces désastres, si ce n'est aux
hommes qui ne consultent point les femmes !... Ah !
ah ! des révolutions ! quand vous en aurez votre
lassitude, vous les terminerez.

GROS-PIERRE.

Oui, dites que oui ! et nous vous bénirons en famille !... Enfin, d' l'augmentation ou d'la diminution,
qui qu'ça fait puisqu'on n'payera plus...

MARGUERITE *vivement*.

Il y en a qui ne payent jamais, et ce n'est pas vous,
Monsieur Gros-Pierre, qui consentiriez figurer dans ce
nombre ; vous ne les fréquentez guère ceux-là.

GROS-PIERRE *vivement*.

J'suis trop honnête !.. combien d' diminution ?

MARGUERITE *se dirigeant vers la porte*.

Je n'ai pas de temps à perdre !... Mille francs
d'augmentation et mille francs d'épingles.

GROS PIERRE *se récriant*.

Comme vous vous piquez d' grossir les r'venus de
not comte !... ma femme me jurera !.. vous m'ruinez,
j'en mourrai ..

MARGUERITE.

Tâchez de ne mourir que le plus tard possible, et soyez le maître au moulin.

Une vieille femme se montre à la porte du salon.

GROS-PIERRE *bas à Marguerite.*

Chut! chut!... le bail, quand se sign'ra-t-il? c'est que not' mossieu ne s'fait pas jeune!

MARGUERITE *présentant un fauteuil à la nouvelle arrivée, et s'adressant au meunier :*

N'achevez pas !..

GROS-PIERRE *se retirant.*

Je n'souhaite pas un accident, mais dam' la prévoyance c'est pas un défaut cheux nous.

Les deux femmes se font des politesses réciproques.

(A part).

Ça s'mangerait si ça osait... Oh ! les femmes, les femmes !.. c'est fort nécessaire néanmoins, et j'viens d'conclure un crâne marché.

MARGUERITE *se retournant.*

Est-ce que vous avez encore quelque chose à ajouter, monsieur Gros-Pierre?

Il sort avec brusquerie.

SCÈNE IV.

MARGUERITE, MADAME VICTOIRE CONTRAINTE.

MARGUERITE.

Asseyez-vous Madame Victoire Contrainte; prenez un fauteuil, pas une chaise.

Mme CONTRAINTE.

Que vous devez être satisfaite de choisir ainsi, Mademoiselle Marguerite Usée.

Marguerite range les registres dans le secrétaire.

Quoi ! vous avez la clef du secrétaire ; que vous êtes heureuse !

Avec regret.

Je vous ai peut-être dérangée ?

MARGUERITE *avec indifférence.*

Nullement ! Je renouvelais avec Gros-Pierre notre ferme du domaine de Laupinais.

Mme CONTRAINTE *avec intention.*

La ferme de M. le comte de Cordonde !

Se dandinant sur son siége avec complaisance.

Comme c'est repoussant un fauteuil élastique ! Je n'ai pas cette moëlleuse habitude !... mon vieil avare n'en a qu'un dans la maison et sempiternellement pour lui... Hélas! hélas ! que de promesses pour me faire entrer à son service, moi, jeune veuve...

MARGUERITE.

Jolie et recherchée, n'est-ce pas madame Contrainte ?

Mme CONTRAINTE.

Que de sourires... autrefois !.. Nos printemps sont passés, Mademoiselle Marguerite Usée !

MARGUERITE *vivement.*

Je trouve moi que le soleil m'éclaire et me réchauffe toujours.

Mme CONTRAINTE.

Vous, c'est différent.

Changeant de conversation et prenant un journal sur la table·

Si j'avais de l'instruction, je vous égayerais un peu.

MARGUERITE *avec suffisance.*

Autrefois on ne recevait pas d'éducation ; aujourd'hui toutes les jeunes femmes écrivent... Il est vrai qu'elles n'en sont pas mieux élevées pour cela.

Mme CONTRAINTE *vivement.*

Je défendrai le progrès.

Montrant le journal.

Il y a du mérite là-dedans... et je serais assez partisante de certains partages...

MARGUERITE *vivement et lui arrachant le journal.*

Il ne peut pas y avoir de fauteuils pour tout le monde ! Est-ce que vous subissez l'impression de ces balivernes !... Il y aura toujours des nigauds... c'est-à-dire des actionnaires !... comme il y aura toujours des mains blanches qui prendront, et des figures ridées qui grimaceront des regrets juvéniles.

Mme CONTRAINTE *s'animant.*

Oui ! car les hommes seront sans cesse des ingrats qui, après des sacrifices dévoués, nous enverront chanter victoire en plein air.

MARGUERITE *avec malice.*

Oh ! si les femmes savaient se contraindre et les détester une bonne fois, Madame Victoire Contrainte !

Mme CONTRAINTE *avec ironie.*

Et nous usons nos forces à leur service ; nous les dorlotons.... n'est-ce pas, Mademoiselle Marguerite Usée ?

MARGUERITE *de même et se remettant à tricoter.*

Y a-t-il quelque chose de plus nouveau en ville ?

Mme CONTRAINTE *tirant aussi son ouvrage de sa poche .*

En ville !.. que vous êtes polie, quelques masures, un méchant village où les cancans sont longs comme

6

la grande route qui le traverse!... Vous connaissez l'aventure de la petite Sara?

MARGUERITE *naïvement*.

On la rabâche encore?

Mme CONTRAINTE *à demi-voix*.

On rabâche encore que la femme du maire... c'est la troisième !

MARGUERITE *vivement*.
Un insatiable !

Mme CONTRAINTE *avec finesse*.

Je suppose qu'il en sera prochainement rassasié.

MARGUERITE *de même*.

Mais ce n'est pas ça une nouveauté !

Mme CONTRAINTE *piquée*.

Et votre brillant neveu que devient-il ?

MARGUERITE.

Il n'est plus question d'un débauché dans cette sainte maison.

Mme CONTRAINTE.

Pourtant, c'est l'unique héritier ?

MARGUERITE.

Nous en trouverons d'autres !

Mme CONTRAINTE *vivement.*

Est-ce que M. le comte aurait fait son testament ?

MARGUERITE.

Il y a longtemps *(à part)* que je le désire !

Mme CONTRAINTE.

Comme vous devez être satisfaite!... moi j'ai cher-
ché à diverses reprises à toucher cette corde sensible... j'ai été rabougrée, j'ai été rabougrée !

MARGUERITE.

Il faut montrer plus de constance. Vous ne m'apprendrez rien de neuf aujourd'hui ?

Elle se lève et cesse son travail.

Mme CONTRAINTE *se levant également et mettant son ouvrage
dans sa poche.*

Si fait ! mais vous ne m'accordez pas la permission
de respirer. Je suis un peu asthmatique.. L'habitude
d'entendre tousser, ça se gagne *(elle tousse).*

Avec mystère.

Apprenez donc qu'il est descendu de la diligence et
venant de Paris, un individu que personne n'avait
encore vu dans la commune.

MARGUERITE *vivement*

Sa valise est-elle lourde, gonflée ?

Mme CONTRAINTE.

Il n'a pas de valise, et néanmoins il a demandé du vin de Bordeaux pour l'ordinaire de son dîner.

MARGUERITE *avec finesse.*

Ce n'est pas tout de demander du Bordeaux, il faut le servir!.. et je pense que l'hôtel des Trois Lunes compte dans sa cave plus de bouteilles vides que de bouteilles pleines. Ah! ah! ah! votre inconnu a dû déguster longtemps son attente... Ah! ah! ah!

Mme CONTRAINTE.

Ne riez pas.... c'est peut-être un conspirateur!... Vous n'ignorez point combien de gredins parcourent en ce moment nos campagnes..

Avec frayeur.

On a gratté à la porte.

MARGUERITE *vivement.*

C'est le caniche de M. le comte; laissez-le gratter.

Mme CONTRAINTE *se dirigeant vers la porte.*

Si c'était l'amour du mien, je ne tolérerais pas....

Elle ouvre la porte et revient avec effroi.

C'est lui!

SCÈNE V.

LES PRÉCÉDENTES , PRESSURANT.

PRESSURANT *saluant avec courtoisie.*

Recevez , Mesdames, mes salutations empressées !

Mme CONTRAINTE *bas à Marguerite.*

Ne vous compromettez pas , c'est le conspirateur étranger.

MARGUERITE *de même.*

Il n'est pas étranger aux belles manières.

PRESSURANT *faisant l'inventaire du mobilier et recommençant ses courbettes.*

C'est la première fois que j'ai l'honneur de présenter à ces dames mes respectueux hommages.

MARGUERITE

Cette figure-là me revient !

Mme CONTRAINTE *bas à Marguerite*

Il est d'une politesse obséquieuse... méfiez-vous.

PRESSURANT.

M. le comte de Cordonde est-il visible ?

(A part).

Terrible augure, ce mobilier est cruellement rapé!

MARGUERITE *séchement*.

M. le comte de Cordonde dîne chez M. le curé de
la paroisse. Vous eussiez pu le rencontrer ; mais
comme il y a un chemin de traverse... M. ne fré-
quente sans doute que les grandes routes...

PRESSURANT *vivement*.

Les grandes routes sont plus sûres !

MARGUERITE *vivement*.

Parfois c'est une erreur!... et la diligence que l'on a
arrêtée il y a une quinzaine le prouverait.

PRESSURANT *vivement*.

Vous êtes donc ici dans un pays de scélérats!...
(A part.)
Je suis tombé dans un piége épouvantable!

Mme CONTRAINTE *bas à Marguerite*.

Avez-vous remarqué comme il examine autour
de nous. C'est un voleur !... un assassin ?

MARGUERITE *de même*.

Je vous certifie qu'au choix de ses expressions, ce
n'est pas un révolutionnaire.

PRESSURANT.

Le comte de Cordonde est-il jeune?

MARGUERITE *vivement*.

Vous ne le connaissez pas? (*A part.*) J'ai rencontré dans quelque coin cet étrange sourire!

PRESSURANT *de même*.

Si!... si!... est-il jeune relativement à son âge... (*S'adressant à Madame Contrainte.*) Madame est probablement la dame de compagnie?

MARGUERITE *vivement*.

C'est moi!

PRESSURANT *la saluant de nouveau*.

La santé de M. le comte est toujours délicate...

MARGUERITE *vivement*.

M. le comte n'a jamais éprouvé de sa vie une incommodité.

PRESSURANT *avec finesse*.

Il ne vous avoue pas cela! (*A part.*) Mes créances deviennent fort chétives!

Il s'assied sur un siége que lui offre Marguerite.

Mme CONTRAINTE *bas à Marguerite*.

Je vous assure que cet homme a des yeux terri-

fiants, c'est pour cela qu'il les met sous verre... Si
j'allais prévenir le capitaine de la garde nationale !...

MARGUERITE *de même.*

Conservez l'énergique concours de la garde nationale pour des circonstances plus indispensables!...
Je ne crains pas les regards exterminateurs de cette
espèce...

(*Haut*). Madame Contrainte, puisque vous voulez absolument vous retirer... ayez la complaisance
d'avertir M. le comte de Cordonde qu'il est attendu
au château... Monsieur s'appelle ?

PRESSURANT *avec bonhomie, et déclamant*

Ne dérangez jamais l'honnête homme qui dine !
Je ne suis pas pressé (*A part.*) de perdre mes
dernières illusions. Mes renseignements par procuration seraient-il inexacts ? Ah ! petit vicomte ,
tu en as attrapé un plus fin que tes pareils ; tu
me le payeras. (*Avec réflexion.*) Rien n'est moins
indubitable que cette affirmation bénévole.

MARGUERITE *qui a reconduit jusqu'à la porte Madame Contrainte, considère de loin Pressurant.*

SCÈNE VI.

PRESSURANT , MARGUERITE.

MARGUERITE.

(*A part.*)

Otez les lunettes vertes de dessus cette protubérance nasale , et je retrouve un souvenir avec l'ensemble de ce visage décharné.

PRESSURANT.

(*A part.*)

Les femmes se ressembleront , s'accorderont dans les âges les plus reculés , pour ne point résister à une flatterie. Essayons d'arracher quelques caquets révélateurs à ce noir profil osseux et pincé. (*Haut.*) Il y a délice d'attendre ainsi dans un salon confortable et auprès d'une femme séduisante ; (*avec naïveté*) mais la cure où dine M. le comte est-elle bien éloignée de cette superbe demeure ?

MARGUERITE.

Monsieur doit avoir dans ses jambes la distance qui éloigne le château du village.

PRESSURANT.

(*A part.*)

La place est solidement défendue ! (*Haut.*) Votre réflexion est sans réplique , mais lorsqu'on fait une route pour la première fois , l'incertitude, la distraction des objets la prolonge.

MARGUERITE *vivement.*

C'est le contraire que j'éprouve.

PRESSURANT.

(*A part.*)

Quelle madrée ! endurcie sous le harnais ? (*Haut.*)

Comment s'inquiéter des heures au milieu de cette fertile nature, c'est comme si maintenant auprès de vous je n'oubliais pas l'absence de M. le comte...

(*Avec intention*)

Comme il doit être opulent ce cher de Cordonde !

MARGUERITE vivement.

Corpulent... oui ! Si vous le comparez à votre extrême maigreur !

PRESSURANT.

J'ai dit riche... opulent !...

MARGUERITE.

Riche ! On ne s'en douterait pas par son luxe !... Nous n'avons pas même une patache pour aller à la messe le dimanche.

PRESSURANT avec finesse.

Le village est si près du château... Et puis l'économie n'est-elle pas la certitude d'une immense fortune.

MARGUERITE.

(*A part.*)

Ces pressantes interrogations m'importunent ;.. néanmoins il n'a pas absolument la physionomie d'un bandit redoutable !... Oh ! si je pouvais faire pousser des cheveux sur le crâne dénudé, j'appliquerais, je crois, un nom propre à cette médiocre apparence !... Dans le doute, la prudence ne s'abstient pas : et je vais prendre quelques précautions contre son audace présumable ou présumée !

(*Haut.*)

Je regrette de quitter Monsieur ; j'ai des ordres à accomplir, et la presse parisienne est plus
aimable qu'une vieille gouvernante....

Elle lui offre un journal.

PRESSURANT *avec finesse.*

La presse des adorateurs a dû s'incliner...

Se reprenant avec intention.

Et Madame est encore capable... (*Marguerite est
sortie avec vivacité*). De se moquer de moi ! Où la
coquetterie et la discrétion vont-elles se nicher !

SCÈNE VII.

PRESSURANT *seul et ouvrant une fenêtre.*

J'étouffe !... Le dehors est plus somptueux que le
dedans ! Quelles magnifiques plantations !... Oui !...
Mais il n'est pas facile d'écorcher le vieux bois !...
Diable! il mange solidement, cet oncle rachitique !...

Il porte la main à son gousset.

Peut-être aurais-je dû présenter à cette mégère
l'argument *ad hominem* !... Réflexion faite, il ne faut
pas abandonner le certain... (*Parcourant le journal.*)
Comme ces journaux écrivent d'interminables arti-
cles pour ne rien dire !... Moi je vais droit au but et
je ne cherche que la cote de la bourse !... On monte
lentement... l'escalier, si c'était le cacochyme con-
vive ? Il est repu lui ; tandis que moi...

SCÈNE VIII.

PRESSURANT , LE COMTE , GROS-PIERRE,

LE COMTE *riant*,

Je vois avec satisfaction que le vin te rend plus raisonnable , mon cher meunier.

Apercevant Pressurant.

Pardon Monsieur !

Salut réciproque.

S'adressant à Gros-Pierre

Retire-toi , nous terminerons plus tard cette petite affaire.

GROS-PIERRE *avec hésitation*.

C'est qu'elle est tarminée... c'te grande affaire !

LE COMTE *étonné*.

Comment!...

PRESSURANT *avec surprise*.

(*A part*).

Cette prononciation impérative , a déjà frappé mon tympan.

GROS-PIERRE.

Dam'... puisque vous l'exigiez si tell'ment , j'ai

laché c't' augmentation... et les épingles itou... à mamzelle Marguerite.

LE COMTE *vivement*.

Tu as eu tort !... et Mademoiselle Marguerite n'avait aucun droit sur ces épingles là.

GROS-PIERRE *qui balbutie*.

J'ai eu tort !... Oh ! oui, parce que... certainement... Dam'.

Il tourne son chapeau entre ses doigts.

PRESSURANT.

(A part).

Il est généreux, reprenons confiance !... tempérament sanguin ! Chance apoplectique !

LE COMTE *interrompant Gros-Pierre*.

Tu trouveras une autre fois ce que tu avais à me raconter.

PRESSURANT.

(A part).

Cette verte santé, cette prestance carrée... Mes souvenirs ne me tromperaient-ils pas ? Si je pouvais apercevoir la partie inférieure de l'oreille droite...

GROS-PIERRE *avec hésitation*.

Mossieu... Un brin d' papier... C'est pas long !.. J' sais lire et t'écrire !

7

LE COMTE, *avec impatience.*

C'est inutile !...

GROS-PIERRE *vivement.*

Pour des p'tits comme nous, non pas !... Car, dam', si vot' neveu...

LE COMTE *avec colère.*

Mon neveu !... mon neveu ne secoue pas mon deuil, je lui permets d'affermer ses biens à sa guise.

Il pousse le meunier dehors et revient en scène.

Oui ! oui ! je permets à mon neveu d'affermer ses biens à sa guise.

PRESSURANT *avec courtoisie.*

Je crois, Monsieur le comte, que votre neveu serait ravi d'abuser de cette gracieuse permission.

LE COMTE *vivement.*

Vous connaissez le vicomte René de Cordonde.

PRESSURANT *avec hésitation.*

J'ai cet avantage.

LE COMTE *séchement.*

Tant pis pour vous !

PRESSURANT *avec finesse.*

C'est peut-être également tant pis pour lui ; je n'ose interpréter votre pensée.

LE COMTE *s'animant.*

Le vicomte est un dissipateur , un polisson !... Et qui se ressemble...

PRESSURANT *l'interrompant avec douceur.*

Monsieur le comte , je n'ai pas l'honneur de vivre dans l'intimité de M. votre neveu !... Je trouve néanmoins que vos expressions sont d'une sévérité outrée !... Souvenons-nous que la jeunesse a des passions vives !..

LE COMTE.

Des passions ! des passions... C'est très-naturel , très-facile à mettre en avant !...

PRESSURANT.

N'en inspire pas et n'en réprime point qui veut.

LE COMTE *vivement.*

La débauche est sans excuse.

PRESSURANT *avec persuasion.*

Personne ne justifie la débauche... Mais il faut bien que l'opulence alimente la classe si intéressante du menu commerce ! *(A part).* Cette épithète le vexe... J'entrevois le bout de l'oreille !... *C'est lui* !

LE COMTE *séchement.*

Le commerce est moins à plaindre que la propriété qui est écrasée d'impôts et d'hypothèques !..

PRESSURANT *vivement.*

Vous avez des hypothèques ?

LE COMTE *riant.*

J'ai beaucoup d'obligations... des bordereaux indé-
chiffrables !... Je laisse aux imitateurs de mon neveu
la ruine certaine qu'ils s'imposent !

PRESSURANT.

Monsieur le comte , si c'était pour empêcher cette
ruine infaillible que vous me voyez devant vous ?...

LE COMTE *riant.*

Si elle est infaillible , vous aurez plus que du mérite à l'empêcher.

PRESSURANT *séchement.*

Ne rions pas avec la dignité d'un nom respectable ,
M. le comte. Votre neveu se trouve dans l'impossibi-
lité de faire honneur à sa signature.

Il lui présente des billets.

Refuseriez-vous d'apostiller ces billets.

LE COMTE.

Je refuse.

PRESSURANT.

A votre unique héritier ?

LE COMTE.

Je l'ai déshérité dans cette alternative !...

PRESSURANT.

Vous l'avez déshérité !... le fils de votre frère !... mais vous entachez votre blason d'une infamie...

LE COMTE *froidement*.

Que vous importe ! Je suis le dernier membre de ma famille... (*S'animant*). Je vous conseillerai de ménager vos pompeux éloges !... Mon poignet est solidement attaché, mon caractère est querelleur, et vous me paraissez un usurier en vacances...

Il lui montre la porte et sa canne.

PRESSURANT *froidement*.

Avant de vous quitter, je vous conseillerai à mon tour de songer davantage à votre rôle de gentilhomme.

LE COMTE *saisissant sa canne*.

Cette impertinence sera châtiée.

PRESSURANT *avec gaîté*.

Ah ! ah ! ah ! l'impayable dénouement !... Il est furieusement entortillé ce Cordon là, Monsieur le comte ?

LE COMTE *furieux*.

Je vais appeler mes gens ! Qui êtes vous ?

PRESSURANT *avec calme.*

Qui je suis ! Appelez ! appelez !... Les rieurs seront de mon côté!! ! Pour le moment ayons de la résignation, M. le comte. La colère après diner est très-nuisible, et dans votre famille les crises apoplectiques sont nombreuses !... Oh ! tu ne sortiras pas aisément de ce nœud gordien, mon pauvre Cordon !

LE COMTE *se radoucissant.*

Votre nom ?

PRESSURANT.

Pressuré !... c'est-à-dire Pressurant !...

SCÈNE VII.

LES MÊMES , MARGUERITE , GROS-PIERRE , *avec les épaulettes de capitaine sur sa blouse et le sabre à la main ; des hommes armés de fourches et portant des bouquets.*

LE COMTE, *bas à Pressurant.*

Pressuré, tais-toi ! (*Haut.*) Que signifient ces démonstrations hostiles ?

MARGUERITE, *lui présentant un bouquet.*

C'est demain votre fête !... (*Avec hésitation.*) Votre conversation était bruyante... il y a tant de scélérats qui courent... nous craignions

LE COMTE *riant et l'interrompant*.

Merci, mes bons amis, de votre sollicitude !... Je vous présente un de mes meilleurs amis d'enfance.

Il tend la main à Pressurant.

PRESSURANT.

(*A part.*) Il m'a tendu la main, il n'est pas entièrement gangrené. .

M.ᵉ RGUERITE, *à part*.

Je savais bien que cette longue figure me revenait !

LE COMTE *reconduisant Gros-Pierre et les autres*.

Je suis très-sensible à votre délicat souvenir ; il durera plus longtemps que ces fleurs ; mais vous, n'oubliez pas que je célèbre demain l'anniversaire de ma naissance ; merci, merci, pour votre attention et pour vos bouquets.

PRESSURANT. *bas au comte*.

Chez nous, les jeunes filles les apportaient et elles n'avaient pas des houlettes de ce genre !

MARGUERITE, *sortant avec les autres*

C'est incroyable ! je ne saurais dérouler un nom propre sur cette peau jaune, sèche et ridée.

SCÈNE VIII.

LE COMTE, PRESSURANT.

Silence mutuel.

PRESSURANT, *lui tendant la main.*

Tu as eu du cœur pour moi : j'ai de l'âme dans certaines circonstances.

LE COMTE *lui serrant la main.*

Moins de bruit ! ces gens là pourraient revenir.

PRESSURANT *avec ironie.*

Tu ne les appelles plus !... en ça est-ce que l'on célèbre dans cette abondante contrée deux saints dans le même jour ? Ma foi ! Tu n'avais qu'un mot à prononcer, et j'étais chassé comme une bête fauve... Vous avez une singulière méthode de fêter les parisiens en province, Monsieur le comte.

LE COMTE *de même.*

La causticité ne vieillit pas, mon cher Pressuré...

PRESSURANT *l'interrompant avec hilarité.*

Autrefois, j'étais Pressuré !... Aujourd'hui je suis Pressurant ! J'ai changé mon passif contre un actif ! Mais peste ! Je ne me suis pas arrondi autant que toi : un *de* par devant, un *de* par derrière ! Quelle double aristocratie !! Le vilain Cordon tout court se rattachait ignoblement à la sonnette de l'arrière-boutique... Nous sommes-nous divertis dans cette arrière-boutique ?... M. le comte de Cordonde, voilà qui résonne mieux dans un salon ! Si tu avais pu allonger aussi ce bout d'oreille qui te manque.

LE COMTE *gaiment*.

Toujours malin! Toujours les ongles pointus et les crins imperceptibles! Toujours sec, moins le dévouement!

PRESSURANT *tirant les billets de son portefeuille*.

Et moins le portefeuille!... Quand est-ce que je te tirerai ces billets à vue?

LE COMTE *gravement*.

Je n'hérite pas de mon neveu!... Je n'endosse pas ses effets de commerce... (*Avec gaité*.) Fi donc! un renard comme toi qui se laisse prendre par un poulet... Ah! ah! Une mignonne lettre parfumée comme nous les recevions il y a quelques vingt ans, tu ne me la passerais point, lovelace épilé par les grâces!

PRESSURANT *avec gravité*

Monsieur le comte, je ne plaisante jamais en affaires; répondez, ou je publie dans le canton que le comte de Cordonde n'est qu'un ancien marchand de drap.

LE COMTE *vivement*.

Il n'y a que de la noblesse à couvrir les défauts des autres.

PRESSURANT *avec gaité*.

Signe vite pour dissimuler les vices de ton neveu.

SCÈNE IX.

LES PRÉCÉDENTS, MARGUERITE *apportant les dépêches.*

LE COMTE, *avec impatience.*

Qu'y a-t-il ?

MARGUERITE.

Vos dépêches !.. Une lettre dont le facteur vous demande l'adresse. (*A part.*) Qu'on est attrappé, lorsqu'on ne sait pas lire !

LE COMTE, *donnant la lettre à Pressurant.*

Pour toi, Pressuré !

MARGUERITE *vivement.*

Pressuré !... Quoi ! M. Pressuré, vous avez renié une payse ? (*Elle lui ouvre les deux bras.*)

PRESSURANT.

Je parie que c'est Marguerite Usée!...(*A part*). Nous étions moins épaisse... mieux ajustée... (*Haut.*) L'esprit n'a point varié, Mademoiselle Marguerite !

LE COMTE, *gaiment.*

Aurais-tu besoin de lunettes !... lis donc.

PRESSURANT.

Le port est payé... c'est une lettre de faire-part sans conséquence.

MARGUERITE *avec curiosité*.

Comme il y a du noir là-dedans !...

PRESSURANT, *qui vient d'ouvrir la lettre, pousse un cri*.

Quelle perte !

LE COMTE.

Qu'arrive-t-il ?

MARGUERITE.

La République rouge triomphe !

PRESSURANT *d'une voix étranglée*.

Ton neveu !...

LE COMTE.

Qu'il aille au diable !

PRESSURANT.

Tu es exaucé !... Il est mort.

LE COMTE *saisissant la lettre, la parcourt*.

(*Avec désespoir.*)
Mort !...

MARGUERITE *vivement*.

Mort !... Est-ce imprimé ? Est-ce sûr ?

LE COMTE *avec désespoir*.

Mon nom ! mon titre, ma fortune princière... plus

d'héritier !... Mon amour, mon orgueil... Mort ! mort !

Il s'affaisse sur un siége.

Plus d'héritier !

PRESSURANT *lui insinuant une plume entre les doigts et lui présentant les billets.*

Signe, cher ami ! signe !

MARGUERITE *lui apportant une écritoire et lui présentant un manuscrit.*

Signez-le, datez-le, il est entièrement de votre écriture ; nous vous dorloterons, mon cher maître, nous vous guérirons ensuite.

PRESSURANT *avec rage.*

Il ne montre pas signe de vie, je perds cent mille francs !

MARGUERITE *de même.*

J'ai perdu mes rêves de jeunesse... Je suis désespérée.

PRESSURANT *quittant la main du comte.*

(*A part*).

S'il y avait à Paris, dans son inventaire, des bijoux... des missives secrètes. (*Haut.*) Dans les catastrophes tous les moyens doivent être employés.

Il se précipite vers la porte.

MARGUERITE.

Vous courez chercher des secours !

PRESSURANT.

Oui ! oui !... Vous m'aviez pris pour un voleur, n'est-ce pas ?... Eh bien je suis volé !...

Il sort.

SCÈNE X.

MARGUERITE *seule*.

Un paraphe de plus sur ce chiffon, et j'étais !... Certes! je n'ai pas travaillé à devenir une sage femme pour rien; je n'ignore pas ce qu'une saignée empêche de produire.

Elle saisit un canif et relève la manche de l'habit du comte.

Il a ouvert les yeux... il revient...

LE COMTE *d'une voix éteinte*.

Parti avant moi !.. plus d'héritier !..

MARGUERITE *avec instance*.

Cher maître, ne m'oubliez pas... Signez ce testament... vous m'aviez promis... vous m'aviez...

8

LE COMTE, *prenant la plume qu'on lui présente, signe.*

On n'a pas de mérite à laisser ce qui vous aban⁻
donne...

Il s'affaisse de nouveau.

MARGUERITE *examinant tantôt le comte et tantôt le testament...*

Serait-il prudent d'opérer une autre saignée ?... Je
suis trop émue !

Le rideau se baisse.

ACTE TROISIÈME.

Le théâtre représente le même salon qu'au deuxième acte.

––––––

SCÈNE PREMIÈRE.

LE COMTE DE CORDONDE, *vêtu de deuil, semble réfléchir, la tête inclinée sur la poitrine.*

Ces vêtements lugubres, c'est lui qui devait les porter !... Pauvre enfant, il n'a jamais senti combien je le chérissais !... Il ne pouvait pas soupçonner cette barrière infranchissable que j'opposais entre mon cœur et ma vanité !... Vanité ! les misères humaines se résument dans cette démence contagieuse la Vanité! C'est pour assouvir la mienne que je l'ai poussé dans le grand monde ! que je l'ai perdu au milieu de la grande ville ! que je l'ai délaissé avec une grande fortune et l'apparence d'un grand nom! Il a gaspillé l'une, il pouvait déshonorer l'autre '... Le vrai coupable, c'est moi !... c'est moi !...

Il se presse le front dans les deux mains.

SCÈNE II.

LE COMTE, MARGUERITE *également vêtue de noir.*

MARGUERITE *se rapproche du comte et sanglotte.*

Je mêle mes sanglots à vos pleurs.

LE COMTE, *avec douceur*.

Que je souffre !

MARGUERITE *essuyant ses yeux*.

Surmontez votre chagrin, vous en ferez une mala-
die... C'est un miracle que vous ayez résisté à la pri-
vation d'une saignée dans un cas indispensable... Il
ne faut pas tenter le ciel... Nous sommes mortels !...
Croyons que M. René aura eu le temps de se repentir
de ses fautes... C'était un très-mauvais sujet... mais à
tout péché, miséricorde !

LE COMTE, *vivement*.

Marguerite, c'était le fils de mon frère, je l'aimais !

MARGUERITE *de même*.

Je l'aimais beaucoup ; c'était votre cher neveu !

LE COMTE.

L'unique soutien de notre nom !...

MARGUERITE.

Oh ! pour ça...

LE COMTE, *continuant*.

L'unique héritier de mon opulence !... Je le chérissais par égoïsme, plus pour moi peut-être que pour
lui ! (*S'animant.*) Je l'ai trop éloigné des ennuis de ma
vieillesse... J'avais tort ! j'avais tort !

MARGUERITE *de même.*

Vous aviez raison ! Rappelez-vous cette déplorable visite où il vint avec son camarade, Monsieur...

LE COMTE *vivement.*

M. de Furety !... René avait des liaisons très-distinguées !.. les Furety remontent aux croisades...

MARGUERITE.

Ils avaient des habitudes affreuses , des pipes , une physionomie de sauvages avec des crinières de juifs errants.

LE COMTE.

Les chevaux, les modes exagérées, c'est l'entrain du bel âge !... on se corrige promptement de ces folies charmantes !... Ah ! Marguerite , n'accusons pas ceux qui ne sont plus là pour se défendre.

MARGUERITE.

Les hommes encouragent ordinairement les femmes ; mais vous... (*Elle sanglotte.*)

LE COMTE *avec tristesse.*

Tu l'aimais aussi ? Mais , comme moi, tu ne t'occupais pas constamment de sa brillante destinée ! tu ne lui préparais pas une alliance avec une illustre maison, avec une héritière de 50,000 livres de rente...

MARGUERITE *vivement.*

Les héritières de 50,000 livres de rente ne sont pas en peine.

LE COMTE *avec amertume et l'interrompant*

Le bonheur de cette jeune fille est assuré! le mien, où est-il? à qui transmettrai-je maintenant mes 80,000 francs de revenu?

MARGUERITE *ebahie.*

Vous avez 80,000 francs de revenu ?

LE COMTE.

Au moins! Oh! les intérêts cumulés marchent rapides pour la déconfiture comme pour l'accroissement des fortunes ; et ces économies sordides, je les entassais pour élever mon neveu aux exigences des familles les plus prétentieuses ! Cher René !...

MARGUERITE *naïvement.*

Pendant ce temps-là, ce cher René faisait danser son patrimoine.

LE COMTE.

Il maintenait notre rang, il agissait en grand seigneur.

MARGUERITE.

Vous l'approuvez ?

LE COMTE.

Je le blâme avec des larmes inconsolables !

MARGUERITE.

Ayez plus de caractère, monsieur le comte ! Reprenez vos occupations !.. Le notaire est venu ratifier le bail de Gros-Pierre... il affirme qu'il fallait l'augmenter de deux mille francs.

LE COMTE.

Qu'importe ! je n'ai plus d'héritier !

MARGUERITE *souriant*.

Qui sait ?... Pourquoi ne feriez-vous pas vous-même ce que vous projetiez pour les autres ?

LE COMTE *de même*.

Moi ! un vieillard !

MARGUERITE *vivement*.

Avec quatre-vingt mille livres de rente... au moins !...

LE COMTE.

Assurer le malheur d'une jeune fille !

MARGUERITE.

Avec quatre-vingt mille livres de rente !... alors,

on en épouse une vieille… elles ont plus d'expérience,
et souvent…

LE COMTE *riant*.

Que deviendront les héritiers que je regrette ?

MARGUERITE *vivement*.

Les enfants !… Il n'est pas rare de voir des vieillards… Enfin , on a toujours le loisir d'en adopter !..

LE COMTE *vivement*.

Quelle idée, Marguerite, si j'adoptais un fils !..
mais il est inutile de lui procurer une belle-mère,
il vaut mieux lui réserver une jolie femme !!

Il se dirige vers la porte.

MARGUERITE *avec empressement*.

Où allez-vous ?

LE COMTE.

Mûrir en plein air tes favorables conseils !…

MARGUERITE *vivement*.

Je vous accompagne !

LE COMTE *lui adressant un geste négatif*.

Le chagrin désire la solitude.

Il sort.

MARGUERITE.

Vous ne cherchez donc pas absolument à être con-
solé... (*Avec rage.*) Il me campe là pour courir après...
une idée qui m'appartient... Le cœur humain de-
meurera impénétrable !

SCÈNE III.

MARGUERITE *seule et avec inquiétude.*

L'à-propos du cadeau de noces était bien saisi !...
J'ai insisté avec une ardeur inconséquente sur l'adoption ! S'emberner de la géniture d'autrui lorsque
l'on peut en avoir soi-même, quel stupide enfan-
tillage ! Néanmoins un caractère entêté, contrariant,
est capable d'irréparables sottises !... Ne voilà-t-il
pas à présent qu'il adore son neveu !... Pauvre jeune
homme ! que Dieu le conserve en paix dans l'autre
monde ; car c'est une fameuse grâce de ne plus subir
les tribulations de celui-ci !... (*A part et apercevant
Mme Contrainte.*) Cette commère là flaire beaucoup
autour de notre place... Laissons-la venir nous
flagorner, c'est le moyen d'utiliser ses ennemis.

SCÈNE IV.

MARGUERITE, Mme CONTRAINTE.

Mme CONTRAINTE *avec componction.*

Sitôt que j'ai appris vos tristesses, je me suis em-
pressée... mais l'*insupportable* avait sa goutte, il n'a

pas voulu me lâcher d'une seconde... Avez-vous remarqué combien les hommes sont jaloux ?

MARGUERITE.

Les femmes aussi, n'est-ce pas ?

Mme CONTRAINTE *avec finesse.*

Les loups ne se dévorent pas entre eux ! (*Avec volubilité.*) Avez-vous des détails ? C'est un duel !...
Quel coup imprévu !... Et M. le comte qui pouvait
succomber en même temps... à une attaque d'apo-
plexie foudroyante ! Certes, c'est plus dangereux que
la visite d'un ami... Comment a-t-il quitté Monsieur
le comte à l'agonie, cet ami d'enfance ?... Vraiment,
vous ne le remettiez point, vous qui êtes depuis
trente-six ans dans l'intimité...

MARGUERITE *l'interrompant.*

Est-ce que vous garantissez la physionomie de tous
les amis du vôtre ?

Mme CONTRAINTE *vivement.*

Il n'en a pas tant ! (*Avec persuasion.*) Et vous allez
essayer des chemins de fer ? Que vous êtes heureuse!
Et vous allez vous émerveiller de la capitale ? Que
vous êtes heureuse !

MARGUERITE *froidement.*

Ce serait possible !... Madame Contrainte, je suis
forcée...

Mᵐᵉ CONTRAINTE *avec empressement*.

Ne vous gênez pas... Sans doute , la maison doit être sans dessus dessous. (*Elle se dirige vers la porte.*) J'aurai des commissions... Dites à M. le comte que je pleure avec lui, avec vous, Mademoiselle Marguerite... Dam', voilà une fameuse ouverture... de succession !

MARGUERITE *vivement*.

Oh ! Madame Contrainte !... sur une tombe à peine comblée !

Mᵐᵉ CONTRAINTE *de même*.

C'est cruel !... Les successions ne commencent qu'ainsi.

Elle sort.

SCÈNE V.

MARGUERITE *seule*.

La bonne ame ! (*A part.*) Son oreille est clouée à la serrure... Elle rentre... son bavardage n'était pas au complet. (*La porte du salon s'ouvre.*) Quel est cet élégant étranger ?

SCÈNE VI.

MARGUERITE , RENÉ DE CORDONDE. *Il a coupé sa barbe, ce qui le rend méconnaissable, et il porte une petite valise sous son bras.*

MARGUERITE *avec une révérence*.

Monsieur voyage pour Paris ?

DE CORDONDE *la salue avec courtoisie*.

(*A part.*) Comme un homme rasé a perdu de ses forces conquérantes!.. Je n'avais point la fatuité de me comparer à Samson. (*Haut.*) Oui, Mademoiselle , j'arrive de Paris, mais je ne voyage pas pour mon plaisir.

MARGUERITE *vivement*

Est-ce que vous nous apportiez la fatale nouvelle !

DE CORDONDE *à part*.

Quelle nouvelle !

MARGUERITE *continuant*.

Vous prendrez part au malheur qui nous accable !

DE CORDONDE *vivement*.

M. de Cordonde serait-il en danger ?

MARGUERITE.

Il a failli mourir en apprenant la mort de ce pauvre M. René.

DE CORDONDE *anéanti*.

Quoi ! vous sauriez...

MARGUERITE.

Ces habits de deuil vous le prouvent !... C'était un exécrable sujet que ce pauvre M. René.

DE CORDONDE *à part.*

Merci du compliment à brule pourpoint !

MARGUERITE *continuant.*

Il nous avait écrasés de chagrins nombreux pendant sa vie... sa mort est le plus pénible.

Elle sanglotte.

DE CORDONDE *vivement.*

J'arrive trop tard !

MARGUERITE.

Les mauvaises nouvelles ont des ailes pour se répandre, et M. Pressu...

DE CORDONDE.

C'est consolant ! Je vous l'avais envoyé..... (*A part.*) Les financiers se font toujours suivre par leurs lettres... en recouvrement... (*Haut.*) Quelle irréparable perte (*à part*) de vitesse !...

MARGUERITE

Vous êtes anéanti comme nous par cet événement inattendu !... J'entends la voix de M. le comte. Usez

9

de minutieuses précautions, cachez-lui les défauts de
son neveu !

DE CORDONNE *vivement.*

Soyez tranquille ! (*A part.*) C'est rare de prononcer soi-même son oraison funèbre !... Essayons... nous avons peut-être un talent incompris!... *Talentum Romanum !* Oh ! cette monnaie nous a été dérobée depuis longtemps, et je n'aurai sacrifié les plus inappréciables moustaches de Paris, que pour me rendre... méconnaissable !

SCÈNE VII.

LES PRÉCÉDENTS , LE COMTE.

Marguerite est allée au-devant de lui et lui converse à l'oreille en lui désignant René.

DE CORDONDE.

(*A part.*)

Je suis annoncé mystérieusement.

LE COMTE *tendant la main à René.*

Merci, Monsieur ! vous étiez l'ami de mon cher René...

DE CORDONDE *avec conviction.*

Son ami intime ! son inséparable ! (*A part.*) Comme nous sommes chéri, maintenant !

LE COMTE.

Est-ce un duel !... On n'est pas gentilhomme pour souffrir...

MARGUERITE *l'interrompant.*

Vous qui êtes de la première noblesse, vous souffrez, cependant !

LE COMTE *vivement.*

Il y a souffrir et souffrir !

DE CORDONDE.

(*A part.*) Je confirme cet avis justificatif. (*Haut.*) Ce n'est pas un coup d'épée.

LE COMTE *vivement.*

Un coup de sang !... nous y sommes enclins dans notre famille.

DE CORDONDE.

Hélas !... je crois que c'était une atteinte de choléra !

MARGUERITE *se récriant.*

M. René est mort du choléra !... et vous l'avez soigné ?

DE CORDONDE.

Comme moi-même !

MARGUERITE *vivement*.

Eloignez-vous , Monsieur le comte ; si cette peste vous attrappait !..

LE COMTE *avec douceur*.

C'est à vous de vous retirer, Marguerite ; Monsieur est sans doute chargé de me transmettre les dernières volontés du vicomte de Cordonde.

DE CORDONDE *avec embarras*.

Sans doute... personne plus que moi n'est susceptible... mais j'aurais besoin...

LE COMTE *l'interrompant*.

Vous auriez besoin de me causer sans témoin ; je comprends votre susceptibilité...

Il attire Marguerite vers la porte.

MARGUERITE *se débattant*.

Au moins, placez sur votre poitrine ce tuyau de plume rempli de mercure ; mettez ce flacon de camphre dans la poche de votre habit... les précautions ne me quittent jamais, et le choléra porte avec lui des douleurs atroces.

LE COMTE *refusant le sachet et le flacon.*

Je le sens !... puisque mon pauvre René en est mort !...

MARGUERITE *sort en jetant un regard courroucé sur de Cordonde.*

(*A part*).

Pourquoi ce sublime dévouement est-il entré dans notre maison !

SCÈNE VIII.

LE COMTE, DE CORDONDE.

DE CORDONDE.

(*A part.*)

Il s'agit de notre testament, tâchons d'en éviter les nullités !... Subissons les interrogations... nous dominerons mieux nos réponses évasives.

LE COMTE *lui montre un siége à côté de lui.*

Vous avez eu de pénibles devoirs à accomplir !

DE CORDONDE *fait un signe d'assentiment.*

(*A part.*)

Cette affirmation est incontestable.

LE COMTE.

Je veux que le monument funéraire du vicomte de

Cordonde soit en rapport avec mes regrets et ma fortune !...

DE CORDONDE vivement.

Nous n'épargnerons rien pour qu'il soit (*A part :* c'est le vicomte dont je parle...) digne de vos regrets et de votre fortune.

LE COMTE.

Je suis immensément riche !

DE CORDONDE.

(*A part.*)

Ce superlatif me convient très-fort !

LE COMTE.

René de Cordonde est ruiné ?...

DE CORDONDE.

Je le crains !

LE COMTE.

Son mobilier se vendra aux enchères ; mais il est des objets que je souhaite retirer, coûte que coûte... l'argenterie, les portraits...

DE CORDONDE.

Vos splendides cadeaux ! les souvenirs de vos ancêtres...

LE COMTE *l'interrompant.*

Il ne les imitait guère, nos irréprochables ancêtres !...

DE CORDONDE *timidement.*

Peut-être ne les connaissait-il pas assez ?...

LE COMTE *vivement.*

Moi, je connaissais assez sa ruine complète, imminente !... Je voulais le corriger par sa propre expérience... et lui rendre ensuite...

DE CORDONDE *vivement.*

O mon Dieu, rendez-lui...

LE COMTE *l'interrompant.*

Les honneurs dûs à son rang !... Je ne veux pas
qu'il meure...

DE CORDONDE *vivement.*

Vous ne voulez pas qu'il meure !...

LE COMTE.

Banqueroutier !...

DE CORDONDE.

(*A part.*) J'ai presque envie de m'enlacer à son
cou. (*Haut.*) Mais s'il vivait encore ?...

LE COMTE *l'interrompant.*

Il m'aurait déshonoré ! il m'aurait ruiné !... Je le maudirais !...

DE CORDONDE.

(*A part.*) Nous sommes retombé dans l'abime infernal ! (*Haut.*) Si vos sages exhortations l'eussent guidé, je suis convaincu....

LE COMTE *l'interrompant.*

Un dissipateur !... c'est comme un ivrogne... point de remèdes !... Pardonnons à ceux qui ne sont plus là pour se défendre.

DE CORDONDE *vivement.*

Vous lui pardonnez ?

LE COMTE *s'animant.*

Je l'aurais déshérité !... et si je paie ses dettes, c'est pour éviter à sa mémoire l'ignominie du vol.

DE CORDONDE.

(*A part.*) Il n'y a plus moyen de ressusciter glorieusement.

LE COMTE *se radoucissant.*

Vous aviez la confiance de René ?

DE CORDONDE.

Sa confiance entière.

LE COMTE.

Entre jeunes gens, on se raconte le chiffre de ses folies... A combien s'élèvent les siennes ?... Hélas ! elles sont montées jusqu'au ciel !... je l'espère, du moins !

DE CORDONDE *vivement.*

Comme vous y allez !...

LE COMTE *avec abandon.*

Ne craignez pas de les énumérer exactement... Je vous le répète, je suis riche... faites vos calculs comme si je n'étais pas là.

Il lui désigne la table où se trouve tout ce qu'il faut pour écrire.

DE CORDONDE.

(*A part*).

Ce n'est plus un testament, c'est une donation entre vifs.

SCÈNE IX.

LES PRÉCÉDENTS, MARGUERITE.

MARGUERITE *avec impatience.*

Tant pis ! si je dérange ces Messieurs ! Il y a vingt-quatre heures que M. le comte n'a rien mangé.

LE COMTE *à René.*

Quel appétit vous devez avoir ! Etre jeune ! avoir voyagé !... Je vous offre mon souper sans façon ; car j'ai conservé les anciens usages : en campagne comme à la guerre !

DE CORDONDE *lui offrant son bras.*

Je n'accepterai de vous que de bons exemples.

LE COMTE , *avec tristesse*

C'est ainsi que mon cher neveu appuyait mon bras sur le sien.

DE CORDONDE *vivement.*

Appuyez ! appuyez...

MARGUERITE *à l'oreille de René.*

Dissimulez les défauts de ce garnement, il le regretterait davantage !

LE COMTE *considérant son neveu avec attention.*

Vos traits spirituels me rappellent ses traits... votre svelte tournure, sa tournure.

DE CORDONDE *vivement.*

Nous avions le même tailleur, le même coiffeur, ce n'est pas étonnant !... Et s'il revenait à la vie, soyez persuadé...

LE COMTE *l'interrompant avec amertume.*

Les morts ne reviennent pas.

Ils sortent.

SCÈNE X.

MARGUERITE *seule.*

Qu'ont-ils dit ? qu'ont-ils fait ?

Elle cherche et examine autour.

Ils ont laissé leurs papiers... pourquoi n'ai-je pas reçu les bienfaits de l'éducation !...

Elle les saisit avec rage.

Encore si ce beau jeune homme avait amené un domestique... nous apprendrions... C'est qu'il est très-séduisant !... trop séduisant ce beau jeune homme !... Et moi qui ai mis dans la tête de M. le comte une fureur... d'adoption !... il partira ! il partira !

SCÈNE XI.

MARGUERITE, GROS-PIERRE.

GROS-PIERRE *accrochant Marguerite par son schal.*

Eh b'en... me v'la de retour.

MARGUERITE *avec brusquerie.*

Vous avez une manière de toucher...

GROS-PIERRE *lui tendant la main*.

Touchez-là ; j'suis rond n'est-ce pas!... et j' vous apporte nos arrangements!... Comme ça va vous rendre jaunette.

Il vide sa bourse, et les pièces d'or se répandent sur la table.

Dam' c'est toujours b'en reçu des Napoléons.

MARGUERITE *comptant les pièces ¡d'or.*

Oui ! si on en faisait ce qu'on veut... mai nos maîtres sont... nos maitres !

GROS-PIERRE *étonné.*

En ça ! est-ce que vous vous regimbez aussi contre les bourgeois.

MARGUERITE *vivement.*

Vous ne devinez rien, Gros-Pierre... nos maîtres seront toujours nos maîtres !

GROS-PIERRE.

Ensuite!...

MARGUERITE *vivement*

C'est pour cela qu'il faut les choisir excellents!... Par exemple, dans les élections prochaines vous devez faire nommer à l'unanimité M. le comte de Cordonde maire de la commune...

GROS-PIERRE *vivement*.

J'veux !... ensuite.

MARGUERITE *avec insinuation*.

Les chemins vicinaux qui aboutissent au moulin seront mieux entretenus... Est-ce que ça ne vous flattera pas ?...

GROS-PIERRE.

Dam ça soulagera d'autant mes ch'vaux.

MARGUERITE.

Et ça fera enrager les deux châteaux voisins..

GROS-PIERRE *avec une franche gaîté*

Ça m'est avis et j' veux b'en! j'veux b'en...

MARGUERITE *avec câlinerie*.

Dites-donc, M. Gros-Pierre, vous qui lisez jusqu'au moulé, je parie que vous ne déchiffrez pas cela...

Elle lui présente le papier oublié sur la table.

GROS-PIERRE.

Y-a que des chiffres !... Ah! ah! vous êtes une finasseuse... et je finirai par croire les propos...

MARGUERITE *vivement*.

Vous m'avez juré de ne plus écouter les mauvais...

GROS-PIERRE.

Ceux-là sont récréatifs pour vous...

MARGUERITE *vivement.*

Ils me concernent ! quels sont-ils ?

GROS-PIERRE.

Dam vous prétendez que ça gâte de les enten-dre... moi je craindrais qu' ça gatât d' les ré-péter.... C'est pour l'occasion, que j' vous pro-clamerons Madame...

MARGUERITE *reconduisant Gros-Pierre vers la porte.*

On vient !.. Gardez votre langue si vous avez envie de garder votre ferme.

(*A part*).

Je suis convaincue que c'est Victoire Contrainte qui m'aura colporté celle-là ! !

SCÈNE XII.

MARGUERITE, LE COMTE, RENÉ DE CORDONDE.

LE COMTE *qui revient appuyé sur le bras de son neveu*

Comme l'adversité réunit vite, mon cher... (*Avec gaité.*) Je ne sais pas même votre nom ?

DE CORDONDE *vivement.*

Quel appétit vous avez pu apprécier en moi !

LE COMTE.

A votre âge, je vous aurais tenu tête ; nous étions de formidables mangeurs dans notre famille.

DE CORDONDE.

Je m'en suis aperçu.

MARGUERITE *avec instance*.

M. le comte sera malade !

LE COMTE.

Je me porte à ravir... que ne puis-je en dire autant de mon pauvre René !...

DE CORDONDE *vivement*.

Je vous assure...

LE COMTE *l'interrompant*.

Ne parlons plus de lui ! causons un peu de vous, mon cher... Comment vous appellerai-je ?

DE CORDONDE.

Votre ami !

LE COMTE *lui serrant la main*.

C'est arrêté ! Votre nom ?
René de Cordonde éternue.
A vos souhaits !...

DE CORDONDE *éternuant une seconde fois.*

Merci !

LE COMTE.

Vous avez le cerveau très-embarrassé !
Il lui présente sa tabatière.

DE CORDONDE *y puisant.*

Je suis très-embarrassé.
Il éternue à plusieurs reprises.

LE COMTE.

Marguerite, dispose pour Monsieur de la chambre
de Cendrillon...

MARGUERITE.

La plus somptueuse du château !

LE COMTE.

Tu bassineras le lit, tu prépareras une infusion de
mauves ou de violettes ; on ne soigne pas suffisamment
les conséquences d'un rhume !...
Elle sort.

SCÈNE XIII.

LE COMTE, RENÉ DE CORDONDE.

LE COMTE *avec affection.*

Vous êtes mieux !... le remède est immanquable !
une seconde prise. .

DE CORDONDE.

Volontiers ! (*A part.*) Voilà une situation que je ne prise guère !

LE COMTE *avec malice.*

Vous êtes déjà venu me visiter une fois ?

DE CORDONDE *vivement.*

Vous me reconnaissez ?...

LE COMTE.

La famille des Furety est très-connue !... Ne vous troublez pas, mon ami, n'est pas noble qui veut !

DE CORDONDE.

(*A part*).

Puisque je suis un Furety, je dois avoir toutes les vertus... la modestie comprise !... (*Haut*) Monsieur me fait de si cordiales avances...

LE COMTE *l'interrompant.*

Laissez-moi réparer la grossière brusquerie de notre première entrevue... les rabâcheries d'un octogénaire sont fastidieuses...

DE CORDONDE *de même.*

Monsieur !...

LE COMTE.

Dites mon ami !... vous partirez dès demain...

DE CORDONDE *vivement.*

Déjà !

LE COMTE.

Merci pour cette parole du cœur... mais j'ai hâte de régler de suite ces tristesses.

Il lui montre les chiffres qu'il parcourt.

DE CORDONDE *vivement.*

C'est juste ! *(A part.)* Nous touchons au quart-d'heure de Rabelais.

LE COMTE *froidement et lui remettant le papier.*

Je pensais que c'était plus considérable !

DE CORDONDE.

Je me suis peut-être trompé dans mes additions .. *(A part.)* C'est le cas de profiter de notre succession particulière.

LE COMTE.

Je vous demande un peu, ce pauvre René, mourir de désespoir...

DE CORDONDE.

C'est du choléra !

LE COMTE.

Pour cette vétille !!

SCÈNE XIV.

LES PRÉCÉDENTS, MARGUERITE.

MARGUERITE.

Monsieur le comte, ne badinez pas avec le choléra; vous devriez être dans de meilleurs draps depuis une heure.

LE COMTE *regardant la pendule*

La soirée s'est écoulée avec un charme inaccoutumé !... Je suis esclave de mes habitudes... Si vous voulez veiller, mes livres... vous endormiront sans doute...

DE CORDONDE *avec gaîté.*

La liberté de la presse m'a dégoûté des livres en général.

LE COMTE.

Voici des armes choisies.

DE CORDONDE.

Je n'ai pas le goût militaire.

LE COMTE *riant.*

Ce sont des armes blasonnées... lorsque l'on remonte aux croisades ! Vous ne devez pas redouter celles-là !.. Mais comme vous partez demain...

MARGUERITE *vivement*.

Monsieur part demain ?

LE COMTE.

Vous reviendrez bientôt ! vous reviendrez avec vos domestiques, vos chiens, vos chevaux !

DE CORDONDE *vivement*.

Si j'osais...

LE COMTE *le pressant dans ses bras*.

Osez !... Ah ! si mon pauvre René pouvait m'entendre !...

DE CORDONDE.

Il vous entend...

LE COMTE.

Oui ! dans le Ciel !.. J'oubliais l'essentiel sur la terre. (*Il ouvre son secrétaire.*) La banque Rostchild n'a pas encore suspendu ses paiements, j'imagine... (*Étalant des billets de banque*) Ces billets ont un cours forcé, je suppose... Je ne compte pas avec vous... et je vous attends avec ou sans les quittances !... La promesse d'un Furety vaut de l'or... songez à notre conversation... (*bas à l'oreille de René*) matrimoniale !... Ah ! si ce pauvre René n'était pas mort !...

DE CORDONDE *vivement*.

S'il n'était pas mort !

LE COMTE *de même.*

Je l'aurais déshérité ! Ne prononcez plus dorénavant ce nom là, je sais ce qu'il me coûte ! Oui ! je l'aurais déshérité ! A quoi bon enfouir des trésors dans le tonneau des Danaïdes !

Il sort.

SCÈNE XV.

DE CORDONDE *seul.*

Quelle fabuleuse comparaison !... Un illettré aurait dit dans un panier percé !... La science n'est jamais perdue !... mais, hélas ! jamais le mérite n'est apprécié de son vivant !.. Dors en paix, mon cher oncle !... j'ai besoin de me reposer aussi ! (*Il se laisse tomber sur un fauteuil.*) Quelle délicieuse comédie on dialoguerait avec mes aventures ! (*Il entr'ouvre le portefeuille que lui a remis le comte.*) Rien n'y manque !. Oh ! mes créanciers fortunés ! quelle joie, lorsque ces billets remplaceront les vôtres avec usure . Toi, Pressurant, tu es susceptible... d'engraisser... De la prudence, faisons encore le mort... devant cette inclination naissante.

SCÈNE XVI.

DE CORDONDE, MARGUERITE.

MARGUERITE *avec reproche.*

C'est la deuxième fois que je bassine votre dodo.

DE CORDONDE *à part.*

Elle me câline, surveillons-nous. (*Haut.*) Je vous rends doublement grâce, Mademoiselle Marguerite.

MARGUERITE.

Avouez que M. le comte est très-étrange... très-monté ?...

DE CORDONDE *naïvement.*

Très-monté contre son pauvre neveu !... Très-étrange... nullement !

MARGUERITE *vivement.*

Il vous confie des valeurs énormes sans reçu...

DE CORDONDE *de même.*

Pour qui me prenez-vous ?...

MARGUERITE.

Je vous prends pour ce que vous êtes...

DE CORDONDE.

Il paraîtrait que non !... puisque vous critiquez la confiance que me témoigne M. le comte... Ah ! si vous soupçonniez le charmant projet qu'il me propose !

MARGUERITE.

(*A part.*)

Pourquoi lui ai-je suggéré cette fatale idée adoptive. — (*Haut.*) Je parie qu'il vous aura parlé de son mariage...

DE CORDONDE *anéanti.*

Il se marie !...

MARGUERITE.

Depuis la mort de son neveu, il le raconte à tout le monde.

DE CORDONDE.

M. le comte de Cordonde se marie !...

MARGUERITE.

Non pas lui ! mais il voulait marier son défunt neveu...

DE CORDONDE *à part.*

Et moi par conséquent (*Haut.*) Avec mademoiselle des Brivades !... une délicieuse jeune fille.

MARGUERITE.

Une bégueule !

DE CORDONDE.

Une héritière colossale !

MARGUERITE.

En apparence !... des gens qui affichent une dépense étourdissante et qui empruntent jusqu'aux

gages de leurs domestiques ; c'est dégoutant !...
(*Avec persuasion.*) Votre dodo se refroidit.

DE CORDONDE

Et mon amour aussi pour l'ange déchu ; mais
c'est donc vous qui inspirez à monsieur le comte
cette rage nuptiale.

MARGUERITE.

Hélas !... (*avec finesse*) Etes vous discret !

DE CORDONDE.

Je tâcherai.

MARGUERITE.

Venez vous coucher, et entre deux tasses de gui-
mauve je vous raconterai mon histoire... Oh ! les
jeunes gens devraient profiter de l'expérience des
vieillards... (*Avec complaisance.*) Quel joli joyau
attache votre cravatte.

DE CORDONDE *lui présentant l'épingle.*

C'est une pierre moins fine que vous, Mademoiselle Marguerite, et si ce souvenir pouvait vous
être agréable ! .. (*Elle fait quelques difficultés, puis
elle l'accepte*) ! Cette épingle appartenait à ce pauvre
René.

MARGUERITE.

Vraiment ! pauvre jeune homme.

DE CORDONDE.

Vous l'aimiez.

MARGUERITE *l'engageant à la suivre.*

Non !... Mais je suis sensible... le mal de mon prochain m'afflige... Ah ! s'il avait été gracieux comme vous l'êtes...

DE CORDONDE *riant et se dirigeant vers la porte.*

Je suis capable de vous raccommoder avec lui...

MARGUERITE *vivement.*

Jamais nous n'aurions pu vivre ensemble !

Ils sortent.

Le rideau se baisse.

———

ACTE QUATRIÈME.

La théâtre représente le même salon, seulement les portraits qui décoraient le magnifique appartement du vicomte de Cordonde à Paris, y ont été appendus autour des boiseries sculptées.

SCÈNE PREMIÈRE.

DE. CORDONDE *seul, il est vêtu d'un costume de chasse dans le chique le plus étourdissant.*

Désormais nous pouvons être les plus affreux criminels !... les chemins de fer se chargeront de justifier les *alibi. (Il se laisse tomber dans un fauteuil).* Cependant quatre-vingts lieues dans les jambes repliées... ça fatigue prodigieusement les articulations, et ma position devient de plus en plus cruelle ! Récapitulons nos disgrâces !... D'abord, si les notaires sont exacts, mes dettes sont payées puisqu'il m'a été impossible de rencontrer moi-même ceux qui me poursuivaient avec un acharnement atroce, et c'est une amélioration palpable, je ne saurais le nier !... J'ai des chevaux, des chiens... le vacarme qu'ils font ne me permet pas de douter de ces agréments. (*On entend des aboiements et des fanfares.*) Je mène une vie de grand seigneur... parce que je suis mort !... Je suis fêté, adopté, presque marié, si le beau-père n'avait eu la rare complaisance de déclarer avant le sacrement indélébile, une faillite légère qui n'a pas entravé la fugue en Belgique!... Et tout ce bonheur m'inonde parce que je porte le nom d'un autre qui se marie de son côté, et qu'il m'a été impossible de prévenir de notre sort commun[1]... O introuvable Furety, quel cierge éclatant je voue à ton immortalité!... Mais comme il a fallu m'enlaidir pour gouter ces charmes!... Examinez-moi quel sacrifice immense j'accomplissais en me rendant méconnaissable... en faisant tomber sous le rasoir la barbe la plus royale... L'épithète est défendue! la barbe ne l'est ⌐pas, aussi voyez comme elle semble vouloir renaître!

Il se frotte le menton avec complaisance.

Je n'aurais jamais soupçonné qu'on pût tenir autant à quelques duvets... plus ou moins soyeux... Quelqu'un vient! (*Avec amertume.*) Hélas elle n'est pas assez longue encore pour nous trahir aux yeux d'un connaisseur.

SCÈNE II.

DE CORDONDE, GEORGES.

GEORGES *poussant un cri.*

Monsieur le comte, excusez ma frayeur, je vous ai pris pour un revenant.

DE CORDONDE *à part.*

Georges qui vient me relancer au gîte! Quand pourra-t-on se passer de cette insupportable servitude?

GEORGES *avec chagrin.*

Oh ! monsieur le comte, comme vous ressemblez à votre pauvre neveu... Je n'ai pu me consoler d'avoir perdu... son service, je lui étais attaché... Je viens vous demander une place quelconque !... Je sais tout faire et je ferai tout ce qu'il vous plaira... je tiens tellement à votre famille... Comme vous lui ressemblez, et si ce n'était les cheveux moins...

DE CORDONDE *riant et l'interrompant.*

Et la barbe moins imperceptible...

GEORGES *avec exclamation.*

Ce serait vous !

DE CORDONDE *vivement.*

Chut ! Tu ne m'as jamais vu... je me nomme le marquis Gustave de Furety, et je double tes gages.

Apercevant Marguerite qui entre.

Georges, que je sois content de votre exactitude, et vous serez content de moi.

Il le congédie et Georges se retire.

(*A part.*)

Voici une demoiselle qu'il me sera plus difficile de satisfaire.

SCÈNE III.

DE CORDONDE, MARGUERITE.

MARGUERITE *à part*.

Encore un valet de plus à servir !

DE CORDONDE *s'avance vers elle et la salue avec courtoisie*.

Que vous êtes matinale, Mademoiselle Marguerite!

MARGUERITE *vivement*.

Si c'est un compliment, vous le méritez plus que moi!

DE CORDONDE.

Oh! oh! ce matin vous êtes...

MARGUERITE *l'interrompant*.

Je suis moi!...

DE CORDONDE *riant*.

Vous pourriez être autrement!... Vous aurez mal dormi.

MARGUERITE.

Est-ce qu'on ferme l'œil sur les impertinences, les gaspillages, et avec ces chiennes de chansons.

Les aboiements et les fanfares redoublent.

DE CORDONDE.

Je ferai construire mes chenils à une lieue du château.

MARGUERITE.

J'espère ne pas vous occasionner cette dépense.

DE CORDONDE.

Vous penseriez à quitter le service de mon père adoptif... mon mariage ne vous convenait point... il est manqué...

MARGUERITE *avec intention.*

Je vous avais prévenu de cette dégringolade, et je vous affirme qu'il se passera du nouveau avant la fin de la journée.

DE CORDONDE *vivement.*

Ne faites pas un coup de tête ! Si l'ouvrage augmente... je viens d'arrêter un domestique, vous prendrez d'autres servantes...

MARGUERITE *déclamant.*

Je ne suis pas une servante !... je suis la gouvernante de M. le comte de Cordonde !... (*A part.*) Tel maître, tels valets...

Elle sort et se croise avec le comte qui entre.

SCÈNE IV.

DE CORDONDE , LE COMTE.

LE COMTE *gaiment.*

Pas encore à cheval ?

DE CORDONDE *avec amitié.*

Ces fanfares auront troublé votre sommeil comme celui de Mlle Marguerite, à qui je viens de faire des excuses.

LE COMTE *vivement.*

Vous avez fait... A partir de ce moment, j'ai besoin de te tutoyer. Tu ne dois d'excuse à personne ! tu es ici chez toi ! ce tapage me rajeunit, et sans ma goutte... Oh ! j'étais un galant cavalier !...

DE CORDONDE *vivement.*

Mon oncle !

LE COMTE.

Tu te trompes, c'est mon père, que tu dois dire.

DE CORDONDE.

Comme votre neveu...

LE COMTE *l'interrompant.*

Ne me parle jamais...

Il va ouvrir une fenêtre, les fanfares des piqueurs résonnent au-dessous.

DE CORDONDE *à part*.

Jamais je ne ressusciterai glorieusement.

LE COMTE *revenant vers René*.

A quoi penses-tu ? Est-ce ce mariage éclipsé qui te rend triste ?... Il n'est pas très-regrettable, mon cher ami...

DE CORDONDE.

Les révolutions brisent toutes les existences.

LE COMTE.

Oui ! oui ! mais elles sont aussi un prétexte pour beaucoup d'erreurs de régimes !... Quand j'ai vu les Brivades couper subitement leurs futaies, je critiquais leur manière de tailler... dans le vif !... Que j'étais loin de les supposer aussi rapprochés du commencement de la fin ! La jeune fille était délirante... nous en trouverons une autre !... Sautons par dessus ces ruines ! A cheval ! morbleu ! à cheval !... et tâche de chasser les ennuis au milieu de mes vastes bois... les tiens, mon fils, les tiens !...

DE CORDONDE.

O mon onc... mon père, que vous êtes bon !

Il se retire avec vivacité.

SCÈNE V.

LE COMTE *seul et regardant à la fenêtre ouverte*.

En vérité, il est charmant !... intrépide comme un

page ! (*Il applaudit.*) Bravo ! bravo ! de la prudence, cependant ! On dirait qu'on ne perfectionne les races chevalines que pour se faire plus généreusement briser les reins... Allons, les voilà qui partent ventre à terre. Quel étrange plaisir que de s'échiner une journée entière pour attraper les cornes... d'un cerf, ou les défenses... Il est jeune, il est vigoureux, ce qui n'empêche pas d'être spirituel !... et pour des vertus, il en a plein mes poches ; car tous les renseignements sont identiques pour l'accabler d'éloges. (*Avec un soupir.*) Pauvre René, je regrette encore tes défauts !

SCÈNE VI.

LE COMTE, MARGUERITE *arrivant essouflée.*

MARGUERITE.

La maison n'est plus tenable !

LE COMTE *vivement.*

Le feu est au château !

MARGUERITE.

Le valet d'écurie a embrassé la laveuse de vaisselle.

LE COMTE *riant.*

Est-ce que tu eusses préféré que ce fût toi ?

MARGUERITE *vivement.*

Les chiens se sont précipités dans l'office, ils ont dévoré la provision entière du beurre et de la graisse.

LE COMTE *riant*.

Pourvu qu'il leur en soit resté aux pattes... comme ils vont courir !

MARGUERITE *s'animant*.

Ils ont brisé les œufs, cassé les assiettes, les plats... Je viens prier M. le comte de me donner...
Elle sanglotte.

LE COMTE *l'interrompant*.

Je te donne l'absolution de ces méfaits, mon excellente ménagère ! Tu fonderas de nouveau beurre, tu supplieras les poulettes de pondre... Ah ! ah ! ce sera bien une autre boursifaille quand nous nous marierons... Je voudrais que ce fût demain !

MARGUERITE.

(*A part.*) Et moi, donc ! (*Haut.*) Je vois que Monsieur se moque de mes fatigues.

LE COMTE.

Tes fatigues !... tu prendras des servantes plus jeunes ; j'ai assez fait d'économies, je veux...

MARGUERITE *l'interrompant*.

Ceci m'explique que moi, Monsieur le comte, je n'ai plus qu'à vider ces lieux où des inconnus...

LE COMTE *riant*.

Marguerite, ne sois pas inflexible pour ces pauvres

chiens !... (*Avec gravité.*) Gustave est trop gentilhomme pour ne pas avoir pour toi les égards que tu
mérites, et la femme que je lui...

MARGUERITE *l'interrompant.*

Vous allez tout apprendre.

LE COMTE.

Il t'aurait fait part d'une inclination...

MARGUERITE *s'animant.*

On vous trompe, on abuse de votre générosité, de
votre complaisance inouïe...

LE COMTE.

Vous m'insultez, Marguerite, en insultant M. de
Furety. Vos preuves ?

MARGUERITE.

Si j'avais des preuves, est-ce que j'aurais tardé à
dévoiler l'infâme complot qui vous menace ?

LE COMTE.

Quel complot ?

MARGUERITE.

Je l'ignore.

LE COMTE *avec sévérité.*

Alors, n'accusez point.

MARGUERITE *s'animant.*

J'accuserai ! car lorsqu'il s'agit de sauver mon maître, je braverais des dangers, des injures!... Oui, j'accuserai !

LE COMTE.

Je vous écoute, Marguerite.

MARGUERITE.

Eh bien ! le mystère s'éclaircira aujourd'hui, et dans une heure vous en apprendrez long par la petite poste.

Elle se retire.

LE COMTE *sévèrement.*

Souvenez-vous que le secret d'une correspondance est inviolable !

SCÈNE VII.

LE COMTE *seul.*

Quel projet médite-t-elle ?.. J'excuse sa mauvaise humeur; je comprends ses appréhensions... une maîtresse de dix-huit ans, cette perspective l'épouvante ! et puis ces laquais, ces chevaux, ces embarras du luxe... Je ne l'y avais guère accoutumée!... Enfin, les visites qui vont se multiplier, les parents de M. de Furety qui arriveront peut-être ce soir... ces incer_titudes la bouleversent... et moi, ce changement d'existence me réjouit... O mon pauvre René ! pour-

quoi ne t'ai-je pas procuré l'immense bonheur que je
te souhaitais !...

Il passe la main sur son front et examine les portraits.

Comme ces portraits rehaussent mes vieilles boiseries sculptées ! C'était pour lui conserver une famille
quej'avais sollicité la restauration... de ces tableaux..
Quelle élégance nos ancêtres avaient dans leurs fa-
çons de poser !...

Avec réflexion.

Les parents de Gustave, des gentilshommes qui
ont assisté aux Croisades, doivent avoir des tournures
majestueuses !... Je suis convaincu qu'ils m'interro-
geront sur les qualités de ces châtelains et châte-
laines !... Etudions notre généalogie.

Il se rapproche d'un portrait.

Cette dame poudrée à frimats, ce sera ma mère !...
Elle est agaçante comme une fantaisie de Louis XV !
Diable ! je me vieillis par trop ! Ce sera ma grand'-
mère... mon arrière-grand'mère maternelle, c'est
moins compromettant pour le costume et la filiation
directe.

Il passe à un autre tableau.

Ce magistrat au parlement, ce sera mon père, et
comme les robes rouges se ressemblent, on s'y mé-
prendra aisément... Mais il n'y a que les cadets de
famille qui entraient dans la robe... Ce sera mon
grand-oncle paternel... non, maternel, nous autres,
nous portions tous l'épée !

Il passe à un autre portrait.

Oh ! celui-là, c'est un brave avec sa cotte de maille !... Ce sera mon grand-papa... non, sa physionomie est trop rembrunie... ce sera un ancêtre... il aura été ambassadeur sous... Prenons garde de remonter avant l'invention de la peinture... Je ne pensais pas qu'il fût si difficile de reconnaître les siens !...

Il passe à un autre.

Cette figure de jeune fille me tracasse un peu... Ce sera une chanoinesse... Ce sourire est passablement significatif, ce sera une dame d'honneur...

SCÈNE VIII.

LE COMTE, MARGUERITE, GROS-PIERRE.

MARGUERITE *avec exaltation.*

Je les tiens ! je les tiens ! ces preuves d'astuce et de perfidie !

Elle lui présente une lettre.

LE COMTE.

D'où vient cette missive ? qui me l'envoie ?

MARGUERITE.

Elle vient d'un endroit d'où elle ne serait jamais parvenue à votre adresse, si je n'avais été l'y chercher avec l'aide d'un honnête homme dont le témoignage...

LE COMTE *l'interrompant.*

Je ne comprends pas cette effervescence à propos d'une lettre.

MARGUERITE *avec raillerie.*

C'est un autre qui les décachetait ordinairement ; c'est un autre qui, sous l'apparence d'une délicieuse promenade à cheval, allait s'emparer chaque matin de votre correspondance... Vous l'avez dit : le secret d'une correspondance est inviolable, et M. de Furety est un traître !...

LE COMTE *sévèrement.*

M. de Furety n'a rien à voir dans mes affaires personnelles...

MARGUERITE *vivement.*

Il y regardait !... Le coupable, c'est M. de Furety !.. Voici l'explication des admirables, des unanimes renseignements que le coupable vous apportait lui-même. Y a-t-il deux comtes de Cordonde ?

LE COMTE.

Hélas ! depuis la mort de mon pauvre neveu...

MARGUERITE.

Pauvre cher neveu !... l'unique héritier de 80,000...

LE COMTE *vivement.*

Je vous croyais dévouée... discrète...

MARGUERITE *de même.*

Oui ! je suis dévouée... mais après avoir abandonné

le fils de votre frère, vous avez oublié son deuil pour vous amouracher... d'une canaille. Je nomme un chat un chat... et voici un honnête homme (*elle désigne Gros-Pierre*) qui ne me démentira pas.

GROS-PIERRE *roulant son chapeau entre ses doigts.*

Dam', lorsque Mamzelle Marguerite parle ou commande, ça l'habitude d'être ben !

MARGUERITE *vivement.*

Nous avons confondu la scélératesse... La factrice n'a jamais reçu de dépêches pour M. de Furety, et toutes celles qu'il prenait, c'était les vôtres... vous en avez la confirmation écrite entre vos mains.

LE COMTE *examinant la missive.*

Ce que c'est que la calomnie !... Cette lettre n'est pas pour moi.

MARGUERITE *terrifiée.*

Elle n'est pas pour vous ?... Il n'y a pas votre nom là-dessus ?...

Elle s'adresse à Gros-Pierre.

GROS-PIERRE.

Dam', j'ai épelé un nom comme ça...

LE COMTE.

Mon nom s'y trouve, puisqu'elle est adressée à ce pauvre vicomte René de Cordonde !

MARGUERITE *vivement.*

Ça n'explique pas les lettres que reçoit M. de Fu-
·rety, puisque son nom est inconnu à la poste. Ces
fameuses lettres qui annoncent l'arrivée de cette
splendide famille, qui n'arrive pas !... Mensonge !
mensonge !

LE COMTE *sévèrement.*

Taisez-vous !... Cette lettre si grave... c'est le faire-
part d'un mariage. (*Il tend la lettre à Gros-Pierre.*)
Lisez, Gros-Pierre, vous qui êtes un honnête homme.

GROS-PIERRE *épelant.*

« Mossieu Du... Durius... Duriscule. » Tiens ! c'est
l' nouveau acquéreur du château des Brivades... Ils
sont descendus une charr'tée avant-hier.

LE COMTE *lisant tout haut pardessus l'épaule du meunier.*

« A l'honneur de vous faire part du mariage de sa
« fille avec Monsieur... »
Il s'arrête.

GROS-PIERRE *continuant.*

« Gustave de Fu... Furety. »

MARGUERITE *avec exclamation.*

Il était marié, le traître !

LE COMTE *vivement.*

Silence! Marguerite!... Ce mariage explique sa

conduite, et moi qui voulais le rendre bigame... Il
a craint de perdre mon affection en m'avouant qu'il
en épousait une autre que celle que je lui destinais...
la fille d'un négociant... et il a fait acheter à son
beau-père le château des Brivades pour ne pas me
quitter... O mon cher Gustave !

GROS-PIERRE *regardant par une fenêtre.*

V'là la voiture du nouveau marquis des Brivades
qui entre dans la cour.

LE COMTE *vivement.*

On ne devient pas marquis parce qu'on achète...
Marguerite, qu'on reçoive cette visite avec les honneurs qu'elle mérite.

MARGUERITE *se retirant.*

Je m'y perds...

GROS-PIERRE *se retirant aussi.*

T'nez-vous toujours à la mairie ? Dam', c'est
c'matin qu' nous votons, et on dit comm' ça que
j'influe.

LE COMTE.

Mon ami, les suffrages des braves gens flattent
toujours... mais ils sont libres. (*Bas à Marguerite.*)
Termine cette affaire comme celle de la ferme... et
c'est moi qui solderai les épingles...

MARGUERITE *bas au comte.*

Le véritable dévouement ne sait pas marchander.
Elle sort et Gros-Pierre aussi.

SCÈNE IX.

LE COMTE *seul.*

Ce cher Gustave !... (*Avec réflexion.*) Comment se fait-il que le nom de Furety ne soit pas connu à la poste, puisqu'il recevait des missives continuelles... Bah ! son beau-père va m'expliquer ce mystère !... Quelle délicatesse... pour rester auprès de moi, m'entourer de soins !... Quelle magnifique propriété, lorsque nous réunirons les Brivades à mes...

SCÈNE X.

LE COMTE, DURIUSCULE.

DURIUSCULE *avec politesse.*

Vous excuserez la franche cordialité d'un représentant du peuple : j'ignore votre nom, je ne suis arrivé dans ce pays que depuis hier ; mais comme vous êtes mon plus proche voisin, c'est par vous que j'ai commencé mes visites.

LE COMTE *vivement.*

Soyez le bien venu, Monsieur Duriuscule.

DURIUSCULE *avec dignité.*

Je ne suis qu'un négociant retiré des affaires.. elles ne sont plus possibles !

LE COMTE *vivement.*

Je parle à un membre influent de l'Assemblée législative.

DURIUSCULE.

Influent !... non !... Nous n'en avons pas !!! et si les divisions continuent... nous aurons en masse une admirable opinion... de nous-mêmes !... Cependant, j'étais un républicain sincère !... Mais je ne suis ni un voleur, ni un assassin ! !.. Je désire notre patrie puissante et respectée au-dehors ! prospère et respectable au-dedans !... Je veux la liberté des devoirs !... Je ne suis pas de ces envieux qui déblatèrent contre le privilége des institutions antiques, mais je préfère celui des sentiments et de l'intelligence ! J'admire ceux dont les aïeux ont rendu d'éminents services à notre France !... J'estime davantage ceux qui complètent eux-mêmes, par leurs propres services, la renommée future de leurs successeurs.

LE COMTE.

Bravo ! bravo ! Pourquoi ne montez-vous pas plus souvent à la tribune ? Oh ! oh ! le choix que vous avez fait de votre gendre, prouve... prouve... (*à part.*) Je redoute d'émoustiller son amour-propre...

DURIUSCULE *l'interrompant.*

Il prouve que je n'ai pas voulu contrarier une louable inclination de ma fille unique... M. de Furety était plus remarquable par ses qualités que par ses parchemins !... Il veut, comme moi, la grandeur morale et matérielle de son pays !... Comme moi, il s'incline sous le drapeau possible du droit national !... Le gouvernement légal, n'est-ce pas celui qui fonctionne régulièrement, consciencieusement, pour la gloire et le bonheur...

LE COMTE *l'interrompant.*

Nous nous comprenons! nous nous comprenons!... et mes ancêtres frémissent d'orgueil en vous écoutant !

DURIUSCULE *riant.*

(*A part.*) Ces tableaux me poursuivent ! (*Haut.*) Est-ce que vous seriez M. le comte de Cordonde, par hasard ?

LE COMTE *vivement.*

Je le suis... très-réellement !..." et] comme vous, j'ai des idées larges ! et comme vous, j'aime votre gendre...

DURIUSCULE *l'interrompant.*

Je voulais vous le présenter... mais il a rencontré...

Des fanfares résonnent tout-à-coup sous les fenêtres ouvertes. Gustave de Furety et René de Cordonde entrent dans le salon, bras dessus, bras-dessous.

SCÈNE XI.

LES PRÉCÉDENTS , GUSTAVE DE FURETY, RENÉ DE CORDONDE.

LE COMTE *allant prendre René et l'amenant vers Duriuscule.*

Mon fils adoptif, le marquis de Furety !... Doutez-vous encore si je l'aime ?

DURIUSCULE *surpris*.

Alors, je vais...

Il prend la main de Gustave.

DE FURETY *bas à son beau-père.*

Silence !

LE COMTE *à René.*

C'est comme ça que tu me trompes ?...

RENÉ DE CORDONDE *vivement.*

Apprenez...

LE COMTE *l'interrompant.*

Je sais... je sais...

SCÈNE XII.

LES PRÉCÉDENTS, PRESSURANT.

PRESSURANT *criant de la porte.*

Mon coup de théâtre est manqué !

LE COMTE.

Eh ! viens donc, cher ami !

RENÉ DE CORDONDE *à part.*

Pressurant ! son ami !

PRESSURANT *s'animant.*

Ton insaisissable neveu...

LE COMTE *l'interrompant.*

Comment ! il lui reste des dettes ?

RENÉ DE CORDONDE.

Une dette immense et qu'il n'acquittera jamais !...

LE COMTE.

Je le maudis !

RENÉ DE CORDONDE *se jetant aux pieds du comte.*

Mon oncle, bénissez-le !... René de Cordonde n'est mort que pour sa conduite dissipée !...

LE COMTE *avec attendrissement.*

Tu serais mon neveu !...

PRESSURANT.

Embrassez-vous et que ça finisse ! Les droits du sang sont inaliénables !...

LE COMTE *présentant René à Duriuscule.*

Le vicomte René de Cordonde, l'héritier de mon titre, de ma fortune...

DURIUSCULE *riant.*

Nous nous connaissons de vieille date ! Et moi, je

vous présente mon gendre, M. de Furety. . le véritable Furety !

LE COMTE.

Nous nous sommes vus une fois, n'est-ce pas ?

DE FURETY.

Mais dans une circonstance moins agréable que
celle-ci...

LE COMTE *riant.*

J'imiterai la jeunesse, je me corrigerai!...

SCÈNE XIII.

LES PRÉCÉDENTS, GROS-PIERRE, MARGUERITE,
Mme CONTRAINTE, GEORGE.

GROS-PIERRE *accourant.*

J'l'avons emporté !... La majorité triomphe !...

MARGUERITE *essoufflée.*

Vous êtes maire de la commune.

LE COMTE *avec effusion.*

Voilà la plus belle journée de ma vie!... Je suis
père aussi ! Mon fils adoptif, c'est mon neveu, le
vicomte René ! L'enfant prodigue revenu dans les
bras de son père.

MARGUERITE *désignant Georges.*

Je viens de l'apprendre... Il n'y a rien de caché pour les vieux domestiques !... Et puis, ces Parisiens nous ont accoutumés à des changements si subits...

GEORGE *bas à Marguerite.*

Ne dites pas de mal de Paris, les femmes l'adorent ! et Paris, comme les femmes, gouverne l'univers !

LE COMTE *serrant avec effusion la main de René.*

Pour te retenir... en province ; nous te marierons de suite.

RENÉ DE CORDONDE *riant.*

Je me marierai de suite.

PRESSURANT *bas à Marguerite.*

Etes-vous disponible ? J'aurais besoin d'une ménagère discrète pour vérifier mes registres.

MARGUERITE *de même.*

Hélas ! je ne sais pas écrire.

PRESSURANT.

Alors, je double les appointements... Ce sont les écrivassiers qui dénaturent nos pensées, avec leurs points d'admiration ! ! ! ! ! !

13

MARGUERITE *riant.*

Alors , j'accepte... avec l'autorisation de monsieur le maire!...

LE COMTE *à René.*

Tu auras beaucoup d'enfants.

RENÉ DE CORDONDE.

J'aurai beaucoup d'enfants.

Mme CONTRAINTE *à Marguerite.*

Etes-vous contente ?

MARGUERITE.

Il faut bien se contenter de ce qui reste... Mieux vaut réparer ses fautes que d'en commettre de nouvelles !...

LE COMTE *montrant à Duriuscule René et Gustave.*

Les fils sont des amis, les pères le deviendront. (*Il lui serre la main.*) Nous nous voisinerons souvent ; les jeunes femmes accoucheront ensemble... et notre politique se conciliera nécessairement...

DURIUSCULE *avec gravité.*

Que de malheurs on éviterait avec une franche et indispensable fusion !

VOIX *en-dehors sous les fenêtres ouvertes.*

Vive M. le Maire ! Vive Napoléon ! Vive le comte de Chambord ! Vive le Président de la République ! Vive Joinville !

PRESSURANT *avec gaîté.*

Vous voyez bien que nous ne sommes pas si désespérés, et que nous voulons tous vivre !

MARGUERITE *à Gros-Pierre, à M*me *Contrainte et à Georges.*

Lorsque chacun reprend sa place, il y a du soleil pour tous les rangs !

VOIX EN-DEHORS.

Vive le Maire ! Vive Napoléon ! Vive le comte de Chambord ! Vive d'Aumale !

LE COMTE *se remettant à la fenêtre.*

Mes amis, si nous criions un peu *vive la France !*

CHORUS GÉNÉRAL.

Vive la France ! vive la France !

LE COMTE *se retournant.*

Messieurs, si nous nous ralliions à ce cri sauveur des honnêtes gens ?

TOUS ENSEMBLE.

Vive la France !

DURIUSCULE.

Ainsi soit-il !... Mais le Français, né malin, n'a pas encore dit son dernier mot *constitutionnel !*

La toile tombe sur tous les personnages en scène, qui se donnent la main et crient une dernière fois : *Vive la France !*

MOULINS, TYP. P.-A. DESROSIERS.

www.ingramcontent.com/pod-product-compliance
Lightning Source LLC
Chambersburg PA
CBHW051146260626
47170CB00005B/1983